快感シェアリング

—㈱愛愛玩具営業部—

CROSS NOVELS

日向唯稀
NOVEL:Yuki Hyuga

高崎ぼすこ
ILLUST:Bosco Takasaki

CROSS NOVELS

CONTENTS

CROSS NOVELS

CONTENTS

快感シェアリング

㈱愛愛玩具営業部

Presented by
Yuki Hyuga
with Bosco Takasaki

日向唯稀

Illust
高崎ぼすこ

CROSS NOVELS

プロローグ

今年で二十代も折り返しとなる木暮栄《こぐれひさし》は、誰に聞いても評判のよい青年だった。若干年よりは若く見える印象はあるものの、クラシックフレームの眼鏡《めがね》が似合う清潔感溢《あふ》れるルックス、はにかむような笑顔、スマートな身のこなし。何より嫌味のない性格に仕事熱心さは人一倍で、誰に対しても細やかな気遣いができて、声色や口調もやわらかい。

とにもかくにも人当たりがよい彼を、「天性の営業マン」と称《たた》える同僚は数知れずだ。

そんな彼だけに、大卒入社から丸三年が経《た》ったこの四月までに、どんな難問に遭遇しても持ち前の明るさと賢明さで解決に勤めてきた。間違っても〝何か〟を見ながら眉間《みけん》に深々と皺《しわ》を寄せたことなどなく、ましてや社内の商品を前に目を細めたことなど一度もなかった。

――――はずなのだが、今日ばかりは違った。唖然《あぜん》とも困惑とも言える感情からか、すっかり口角の下がった唇が震えていた。心なしか手足の先まで震えている。

『レッツ快感シェアリング。今より一歩先の悦《えつ》を知ろう…って。これって俗に言う…大人のおもちゃ？』

なぜなら、木暮の前には存在しているだけで彼を絶句させる威力を持った品物があった。

使ったこともなければ手にしたこともないのに、いつかどこかで見た記憶のあるものが、文字どおり箱詰めされて倉庫いっぱいに山積みになっていたのだ。

それを、これから苦楽を共にするだろう同じ部署の先輩、月岡昌樹《つきおかまさき》から笑顔で見せられたのだから、そりゃ何かしらのリアクションはするだろう。たとえ両目をパチパチとさせながら立ち尽くすだけだとしても、これだって立派なリアクションだ。

人間、跳んだり跳ねたりするだけが驚きの表現ではない。地味な行動の中にこそ、驚愕《きょうがく》の度合いが窺《うかが》えることもあるのだ。

『嘘《うそ》だろう？　だって、ラブラブトーイって言ったら、日本《にほん》国内屈指の老舗《しにせ》おもちゃメーカーだ。それこそ昭和《しょうわ》に入って、社名は変わってるけど、元をただせば江戸《えど》時代まで遡《さかのぼ》るほどの…。それなのに、社名が漢字の愛愛玩具《ラブラブトーイ》になると、売りものがこうなっちゃうのか？』

一つ一つの箱には奇怪な商品名とキャッチ、そして画像が刷られたシールが貼《は》られていた。

それを目で追うだけで、木暮はパニック状態に拍車がかかった。

これも一つだけを見るなら羞恥《しゅうち》心が先立ちそうだが、数でこられると単純に驚きが勝つ。

よもや真っ昼間から、しかも社内で〝このような品々〟と対面するとは考えてもみなかったので、木暮は月岡から「すごいだろう」と言われても相槌《あいづち》一つ打てずにいた。

『すごい…。確かにすごいけど、それってどういう意味で言ってるんだろう？』

木暮には、月岡の思惑がまったくといっていいほどわからなかった。仮に立場を変えて考えたとしても、彼が放った「すごい」に含まれる意味が想像できない。それなのに、月岡は手前に置かれていたいくつかの箱の中を確認すると、軽やかな口調で追撃してきた。

「あれ、誰か持ち出したのかな？　カタログと見本がない。ちょっと待っててくれるか？　今持ってくる。やっぱりこういうのって、直《じか》に見て触るほうがわかりやすいからさ」

フットワークの軽さはさすが営業部員だったが、笑顔で立ち去られても木暮は困るだけだ。

そもそも直に見て触ったほうがわかりやすいとは何事だろうか？　それはこの箱の中身を直視し、触覚からも営業トークの一つや二つ考えろということだろうか？

『ちょっと待ってください。そんなのいらないです。ってか、俺をここに一人にしないでくださいよ！』

めくるめく妄想と不安が駆け巡った。

木暮は口をぱくぱくさせるも、「あ」も「う」も出てこない。

薄暗くひんやりとした地下の倉庫――一人で残されても心細いだろうに、ここにはどう表現していいのかわからないものでいっぱいだった。

いっそ冷凍庫で牛やマグロと一緒に置かれるほうが、どれほど精神的にいいだろう。

それほど木暮は途方に暮れてしまった。

「それにしたって、これが今後の取り扱い商品なのか？」

箱に貼られた画像シールを目にするたびに、本日付で運よく中途入社したはずの会社だったが、木暮は辞表を書くべきか否かを考えた。

「ま、待ってなかったら…、クビになるかな？」

それより逃げたほうが手っ取り早いかと、真剣に――。

1

話は早朝に遡る。

「ん…っ、だるい」

木暮はカーテンの隙間《すきま》から射《さ》し込む日差しで目を覚ました。

いつになく頭がぼんやりとした状態のまま身体を起こす。

「頭が…重い」

一人暮らしの1LDK。特に代わり映えすることのない八畳程度の洋間にベッド。

だが、今朝がこれまでと違っていたのは、目を覚ました木暮が眼鏡をかけたままスーツの上着だけを脱いだ姿でネクタイさえゆるめずにいたこと。そして利き手に使用ずみの割り箸《ばし》を握り締めていたことだ。

「箸？」

なぜ手にしているのが箸なのか、まったくわからなかった。

何か記憶の一部が抜け落ちている気はしたが、それがどんなことなのか思いつかない。

しかし、この状況が木暮にとって、非日常的な事態だということに変わりはない。

夜中にやけ食いでもしたのかと考える他ない箸を枕元《まくらもと》に置くと、がっくり肩を落とす。が、やけ食いを想定したおかげが、徐々に昨夜のことが思い起こされてきた。

「ああ、そっか。そうだった」

そもそも木暮があの怪しげな品を扱う会社、株式会社愛愛玩具の営業部に再就職することになったのは、昨夜の悪夢のような出来事がきっかけだった。

木暮の前職である株式会社比村樹脂《ひむらじゅし》で通常業務を終えた午後七時。

軽く一回りは年上だが、大手企業の本社部長としてはまだまだ若いほうだろう比村哲志《のりゆき》共々、木暮が取引先の担当者たちとホテルのレストランで会食をしたのは、それだけ大きな仕事にかかわっていたからだった。

木暮は緊張の中で、精いっぱいの営業トークと接待をした。

その甲斐《かい》もあり、話はおおむね良好に進んだ。

会食開始から二時間も経った頃には、次回は先方に出向いて詳しい契約内容の説明と確認を、というところまで運べて接待は大成功。誰もが笑顔を浮かべるくらい円満なお開きとなった。

そして、その後は先方をタクシー乗り場まで見送り、上機嫌となった比村から「祝い酒でも飲もう」と誘われてホテル内に戻った。

木暮はてっきりロビーかラウンジで軽く祝杯をあげるのだと思ったが、比村から案内されたのは客室の最上階フロア。

ただ、このとき木暮は、比村から「今夜は部屋を取っていたんだ」と言われても、「そうだったんですか」と軽く受け流した。その言葉に対して、特別何かを感じることも疑うこともしなかった。

それどころか、〝もしかしたら帰りの交通手段がなくなるなどの非常事態に備え、先方のために取っておいた部屋なのかもしれない〟と解釈すると、「さすがは部長、完璧《かんぺき》ですね」と笑顔で答えてしまった。

その後の唐突な展開を考えると、発した言葉の意味を誤解されていたかもしれないが、木暮からしてみれば〝そこまで責任持てるか〟だった。

相手が女性で深夜に部屋へ招かれたというなら、年頃の男としては多少の期待や警戒もするだろうが、比村は同性の上司だ。

それも左手の薬指にリングがはまった既婚者だ。

そんな相手が突然口説いて襲ってくるなんて、いったい誰が想像するだろう。

仮に木暮のほうが比村に対して恋心を抱いていたというなら、想像どころか妄想もするだろうが、生憎《あいにく》そんな感情は微塵《みじん》もない。エグゼクティブフロアにあるリッチなスイートルームに案内された木暮が、そこで真面目《まじめ》に考えたことなんて、せいぜい〝備えつけのお菓子は食べていいんだろうか？　食べたらお金がかかるんだろうか？〟ぐらいなものだ。

そんな感情しかないまま突然迫られ、襲われたのだから、殴って逃げても当然だろう。

「俺、比村部長を殴ったんだよな」

それに比村は、木暮が自分の意に添わないとわかった途端、セクハラともパワハラとも取れる台詞《せりふ》まで口にしたのだ。

〝いいだろう、木暮。悪いようにはしない。俺はお前が好きなんだ。ずっと前からお前が…〟

今思い出しても、身の毛がよだつものだった。

〝俺に逆らえばどうなるか、お前だってわかってるだろう？　これまで同様に仕事がしたければ下手《へた》な抵抗はするな。素直に俺を受け入れて、逆に小遣いを強請《ねだ》るぐらいの可愛らしさを見せてみろ。そしたら、今以上に可愛がってやる。一生面倒も見てやるから〟

蹴《け》りまでおまけにつけてもよかっただろう侮辱だ。

これはもう、雄の本能がどうこうというよりは、人としての危機管理能力がフル作動したに過ぎない。

怒り任せに木暮が比村を殴って逃げたとしても、これは正当防衛だ。

「痛かったな…、いろんな意味で」

それでも木暮は、改めて朝日の中で比村を殴った利き手を見ると、苦笑しか浮かばなかった。

他人を殴ったことなど一度もなかったのに、その第一号が会社の上司だ。よりによって社長の息子で、次期社長を約束された男だ。

思わず溜息《ためいき》交じりに「終わったな」と呟《つぶや》き、肩を落としてしまっても仕方がないだろう。

しかも、そうでもしていなければ、今頃木暮はどうなっていたかわからない。

おそらく無理やり関係を強いられた上に、辞表を出すはめになっていただろう。

それならば、たとえ「ここであんたにやられるぐらいなら、今すぐ会社なんか辞めてやる」の捨て台詞と拳《こぶし》の一発で、辞職なり免職が決定したとしても悔いはない。

人生最大の危機から脱出できたのだから、今が最悪な事態ではないはずだ。

これでも最良の結果だろう――そう、思うしかない。

「あーあ。せっかく老舗デパート橘屋《たちばなや》の棚取り合戦に勝ったのにな～」

とはいえ、どんなに「これでもマシだ」と言い聞かせたところで、すぐに笑顔が戻ることはなかった。

少なからず信頼し、慕っていた上司相手のトラブルだけに、後味の悪さはこの上ないものだ。

せめて順序立ててお伺いをしてくれれば、もう少しやんわりとお断りするなり、大人な対応で躱《かわ》すこともできたかもしれない。

比村が同性の上司である以前に既婚者である限り、どこをどう転んでも木暮が彼を受け入れることはないが、ここまで最悪な展開にはならなかっただろう。

さすがに部長を振って同じ職場に勤め続けるのは無理かもしれないが、支店に左遷くらいですんだかもしれない。

それなら仕事だけは続けられた。そう考えると、木暮はやるせない気持ちで胸がいっぱいになった。自然と身体が倒れて、枕に顔を伏せる。

「新商品が入荷された棚を見に行くの、楽しみにしてたのにな」

入社以来、それなりの苦労はあったが、その分やり甲斐や喜びを得ていた木暮は、充実した社会人生活を送ってきた。

勤め先である株式会社比村樹脂は、シリコンやエラストマー樹脂の加工・製造・販売を扱う同業種の中では国内でも屈指の大手で、キッチン用品から医療用品まで幅広く取り扱っていた会社だ。

その中で木暮は、キッチン用品・雑貨の営業担当をしていた。

売り込み先の担当者は女性が多く、最初は戸惑うことも多かった。

だが、持って生まれた責任感の強さや、なんにでも夢中になれる性格が功を奏《そう》してか、入社二年目には誰もが認める成績を上げて、支社から本社に栄転となった。

そうして比村の下に置かれて丸一年、その営業力にはますます磨きがかかって、今では社内でも「その名を知らない者はいない」と言われるまでになっていた。

廊下で目にとまれば、幹部社員でさえ声をかけてくる。

まさに期待の若手！　将来有望、出世間違いなし！

そう謳《うた》われていたにもかかわらず、こんな事態になったのだ。やけになるな、落ち込むなというほうが無理だろう。

しかし、

「――――って、それどころじゃないか。この不景気に再就職なんかできるのか？　今日にでもハローワークに行かないと、来月から暮らしていけないんじゃないのか？　そうでなくとも退職前に次の職場は決めておけっていうのは、鉄則だって聞くし」

木暮はソフトな見た目や性格に反し、意外に打たれ強くて現実的だった。

預金通帳の残高でも頭を掠《かす》めたのだろうが、ふいに枕から顔を上げる。

「こんなことなら、無理して新発売の高級スチーマーのフルセットなんか買うんじゃなかったか？　けど、あれを買ってなければ橘屋の担当者は口説けなかったし、棚も取れなかったよな。悔やんだところで遅いか。最善は尽くしたんだし、今のうちに引き継ぎの詳細をまとめてメールしておこう。さすがに昨日の今日でデスクやロッカーの荷物をまとめに行く元気はないから、そこは明日ってことで許してもらって……」

どうやら今になって、趣味（自社製品を自腹で買って、自宅で使い試して、営業トークに役立てる）にお金をかけすぎてきたことが災いだったと気づいたらしい。

同僚からは、「いくら愛社精神が旺盛《おうせい》とはいえ、貢ぐ相手が自社商品じゃ、いつまで経っても彼女一人できないぞ」とからかわれたこともあったが、こうなると持つべきものは最新型の自社製品より人脈だ。

どんなに優れた調理器具があっても、食品そのものが尽きてしまったらおしまいだ。

ガスや水道・電気を止められ、家賃滞納なんてことになったら生活そのものがままならない。死活問題だ。

「それにしても、お腹空《す》いたな。昨夜のおでん、もっとしっかり食べておけばよかった」

おかげで凹《へこ》みきっていた木暮の意識は、すぐさま過去のことより未来を生きることに向けられた。貞操と引き替えに辞職した会社に未練を残すより、今後世話になる勤め先をいかに確保するかのほうに気持ちを切り替えたのだ。

「ん？　おでん？」

ただ、ふとぼやいた自分の言葉からハッとするものがあり、木暮は勢いよく身体を起こした。

頭の中で霞《かすみ》がかっていたものが、急に晴れてきたのだ。

「そう、おでんだよ！」

木暮は枕元に放った箸を掴《つか》むと、確信したようにあたりを見回し、スーツの上着を手に取った。

「――やっぱり！　あった」

上着はベッド横に置かれたパソコンデスクの椅子《いす》にかけられていた。

左右のポケットを探ると携帯電話に定期入れ、財布に加えて見慣れない箸袋が一枚入っている。

これが握っていた箸とセットの品だ。

「そうそう、思い出した。これって確か、昨夜あの人が…」

抜け落ちたような気がしてならなかった記憶が次第に蘇《よみがえ》る。

木暮は「割り箸」と「おでん」と「箸袋」というキーワードから、一人の男性を思い起こす。

「天宮昊司《あまみやこうじ》さんが書いてくれたものだ。連絡先もちゃんとある」

相手はスラリとした長身で、ブランドものの上質なスーツを着こなす三十代前半の男性だった。

出合い頭から実に面倒見がよく、その上ハンサムで色気もある。

木暮が知る中では、ダントツのイケメンだ。

テレビでもここまで整ったルックスの持ち主は、なかなかお目にかからない。

それがとても印象的で、こうして記憶に残っていたのだ。

「あ…。でも、ってことは…。あれも事実なのか」

しかし、そんな天宮と出会ったのは、木暮が連れ込まれたホテルの部屋を飛び出そうとしたときだった。

〝待て、木暮！〟

〝放してください！〟

比村を殴り倒して逃れたものの、実際はあまり効いていなかったのだろう。あわや室内に連れ戻されそうになった瞬間、天宮は現れた。

〝失礼。彼、嫌がっているようですけど〟

彼は、閉じられかけた扉をがっちりと押さえ、木暮の腕も摑んで、その場に引きとめてくれた。最初は顔など確かめる余裕はなく、木暮が相手を認識したのは張りがあって正義感に満ちていて、それなのにどこか甘く響く声だった。

〝うるさい。関係ないだろう〟

〝なら、ホテルのスタッフを呼びましょうか？　騒ぎになって困るのはどっちです？　少なくとも俺じゃないと思いますが〟

〝――――、ふんっ！〟

咄嗟《とっさ》の判断だったのだろうが、偶然通りかかった天宮は、他人の危機を見て見ぬふりはしなかった。

日和見《ひよりみ》な者が溢れる世の中で、彼が自然に取っただろう行動は、木暮にはとても尊敬できるものだ。木暮は彼のおかげで最悪な事態から無事に逃げることができたのだ。

〝すみませんでした。助かりました。ありがとうございます〟

〝いや、俺の勘違いじゃなくてよかったよ〟

今思えば、このとき天宮が通りかかってくれなければ、一発殴ったところで逃げきれていなかったかもしれない。

怒りに任せた比村に部屋へ引き戻されて、それこそ何をされていたかわからない。

それはすでに乱暴に開かれたシャツの襟元が示している。

〝…あ…〟

木暮はほんの一瞬だったが、天宮の視線を感じてネクタイを締め直した。

弾けた第一ボタンはどうにもならないが、ネクタイで閉じてしまえばごまかせる。

上着も羽織っているし、眼鏡もある。あとは気の持ちようだと、自ら気を引き締めたのだ。

〝じゃ、そこまで一緒に行こうか〟

それでも、すぐに治まることのなかった動揺からか、天宮は足元がおぼつかなくなっていた木暮を察し、「エレベーターフロアまで送る」と言ってくれた。

その後も「ロビーまで」「せっかくだからエントランスまで」と言っては、笑って同行し続けてくれた。

〝すみません、あの…本当に〟

〝別にいいって〟

その間、天宮は木暮に手を差しのべるわけでもなければ、直に身体を支えてきたわけでもなかった。足が長く歩幅もある彼にはさぞ焦《じ》れったいことだっただろうが、よたよたと歩く木暮に合

わせて一緒に歩いてくれただけだ。

〝すみません〟

〝もしかして、職場でクレーム処理の仕事でもしてるのか？　だったら俺はクレーマーじゃないぞ〟

〝え？〟

〝すみませんを連呼されるぐらいなら、ありがとうのほうが気持ちいいってことだよ〟

途中で気分を害してしまったかと心配になったこともあったが、それさえ彼は笑顔で吹き飛ばしてくれた。

〝っ！　そうですね。いろいろ…、いろいろと、ありがとうございます〟

〝どういたしまして〟

木暮は、単なる行きずりでしかない自分に対し、天宮が気を遣ってくれただけで嬉《うれ》しかった。

慰められたというよりは、心から元気にしてもらった。

部屋を飛び出したときは、その場にしゃがみ込んでも不思議のない状態だった。

それをせずに一歩一歩だが前へ進み、動揺を静めることができたのは、天宮という男が見せてくれた優しさの賜物《たまもの》だ。

おかげで木暮は、エントランスに立ったときにはすっかり足取りが回復し、気持ちもかなりシャンとした。

〝それでどこまで帰るんだ？　タクシーに乗っていくのか？〟

〝いえ、俺はこのまま駅へ〟

ホテルからタクシーに乗ってしまえば、あとは自宅まで一直線だったが時間も早かったので、木暮は最寄りの駅まで歩き続けることを選択した。

天宮にはその場で「ありがとうございました」と心から礼を言って、「ここから先は一人で行けますから」と笑って伝えようとしたのだ。

しかし、天宮は「だったら一緒だな。そっちが嫌じゃなければ」と、木暮の隣を歩き続けた。歩幅を合わせたまま、のんびりと最寄り駅である新橋《しんばし》を目指した。

〝今夜は月が綺麗《きれい》だな〟

ホテルからJR新橋駅までは、どんなにのんびり歩いたところで、十分もかからなかった。

その間、特に何を話したわけでもないが、木暮は天宮が空を見上げてわざとらしく発した台詞が可笑《おか》しくて、笑みを零《こぼ》した。

〝そうですね〟

よく考えれば、同意した自分のわざとらしさのほうが何倍も可笑しい。

だが、昨夜はこんなやりとりがとても心地よかった。木暮は、まるで以前からの知り合いと一緒にいるような摩訶《まか》不思議な安堵《あんど》感さえ覚えていたのだ。

〝じゃ、今度こそここで――――っ！〟

そうして駅前までやってきた。

そのまま二人が別れずに揃《そろ》って屋台へ入ることになったのは、不覚にも木暮の腹が鳴ったから。

咄嗟に「夕飯が接待と被って、食べられなくて」と言い訳をしてしまったからだ。

〝なら、食ってくか？　俺はここに夜食を食べに来たんだ〟

天宮は、「それは本当か？」と疑いたくなるような台詞を発して、先に席へ着いた。

〝親父さん、いつもの頼む〟

〝あいよ〟

木暮は、席に着くなりオーダーされた内容から、天宮がこれまで何一つ嘘をついていなかったと知ることになった。

偶然出くわした木暮に、彼は常に気を遣っていた。

だが、それでも彼は本来の予定に添って、ここまで歩いてきたに過ぎなかった。

そこに取ってつけたような〝優しい嘘〟はない。そのことは、常連客だけが発するだろう言葉を受けて出てきた皿盛りのおでんがしっかりと証明していた。

毎回こんなに大根ばかりを食べるのか、皿の大半が大根だったのだ。

〝これが、いつもの…？〟

天宮自身だけを見るなら、ラウンジバーでグラスを片手に女性でも口説いているほうがしっくりくるのに――。どうやら彼の指定席は、この屋台の一角らしい。

いくつもの具材が並ぶおでん鍋の中でも、しっかり大根の前の席をキープしている。

〝ほら。立ってないで座れよ〟

〝あ、はい！〟

あんなことがあった直後だというのに、行きずりの男と屋台でおでん？

いや、あんなことがあったからこその勢いやなりゆきだったのだろうが、木暮は誘われるまま席に着いた。

〝冷酒でいいか？　それともビールからにするか？〟

〝同じものでお願いします〟

冷酒の入ったグラスを傾け合い、気がつけば会社帰りのサラリーマンらしく「お疲れ様です」と乾杯していた。

そして、それからの一時間はあっという間だった。

〝ほー。まだ学生かと思ったのに、あの比村樹脂の営業マンだったのか。しかも、その若さで本社勤務とはすごいな。あそこは確か、幹部候補生以外は支店勤めからだろう？　あ、ようは幹部候補生なのか。ますます、すごいな〟

木暮は自分以上に接待慣れした天宮に勧められるまま、いつになく酒を口にした。出された冷酒の口当たりがよかったのもあるが、その場にも天宮にも馴染《なじ》むのが早かったのが一番の原因だろう。

〝いえ、そんなんじゃありません。たまたま入社一年目にしては成績がよかったんで、二年目から本社に異動になっただけです。けど、それも今思えば建前だったのかもしれません。本当は、ただの部長の気まぐれで引っ張られただけで――〟

どれも味が染みていて美味《おい》しいおでんを食べて気をよくし、自然に口も弛《ゆる》んで、あれこれしゃべった。

〝もしかしたら、初めから俺を慰み者にしたくて、本社に呼び寄せただけかもしれないし。散々俺の仕事を褒めてくれたのも、結局は全部嘘っぱちで。きっと部長は、俺の身体だけが目当てだったんだーっっっ！〟

ただ、どこで境を越したのかは謎《なぞ》だが、いつの間にか木暮は酔っていた。

今夜限り、行きずりの相手だからこその安心感からか、こんな下世話な愚痴まで零す始末だ。

〝おいおい。気持ちはわからないでもないが、落ち着けって。見た目によらず酒癖が悪いな、お前〟

〝どうせ全部俺が悪いんですよ！　うっ…気持ち悪いっ…〟

〝は？　ちょっと待て。ここは駄目だ、あっちでしろ。路地裏、せめて路地裏にしろ！〟

その上、出会って一時間足らずの赤の他人を路地裏に同行させて、背中までさすらせた。

〝気持ち悪いよぉっ〟

〝待ってろ。今、冷水貰《もら》ってきてやるから〟

そうとう世話をかけて、迷惑もかけまくった。

〝お前運がいいぞ。客の一人が吐き気止めを持ってて、分けてくれたぞ。ほら、飲め〟

〝うわぁぁぁっ。ありがとう、お母さんっっっ〟

〝いや、違うし。せめて、お父さんだろう〟

もう、何が何だかわからない。

酒癖が悪いなんてものではない。

自分の言動が理解不能なのだから、相手の言動などわかるはずもないが、それにしたって酔った木暮は支離滅裂だった。

いっそ丸ごと忘れてしまえばいいのに、どうしてか記憶が蘇る。

それを朝日の中で思い出すから、言葉もないほど辛《つら》い。泣きたくなってくる。

〝とにかく、もう…送ってやるから。家はどこだ？〟

それでも天宮は、最後まで面倒見のいい男だった。

〝あ、いけない。約束の時間に間に合わない。早く行かなきゃ納品できなくなっちゃうよ〟

〝待て！　今は夜中だ〟

〝やっと売り場取ったのに、行かなきゃキャンセルされちゃうよっ〟

〝だから、どこへ行く気だって――車道に出るなっ！〟

天宮には「申し訳ない！」としか言いようがないが、きっと出会いから別れまでの後半に関しては、会話が噛《か》み合うことはなかっただろう。

それどころか、知らないうちに命の危険にも晒《さら》したかもしれない。

〝はー、はー、はー。驚かせやがって〟

〝やっぱり餅《もち》入り巾着《きんちゃく》がもう一つ食べたい〟

〝は？　今、吐いたばかりだろう〟

だが、酔っ払いはどこまでも酔っ払いだ。

〝おじさん、こんにゃくとちくわぶくださ～い〟

〝餅入り巾着じゃないのかよ〟

素面《しらふ》でこれに付き合う大変さは、経験者でなければわからない。

普段、素面で付き合う側にいることが多いだけに、木暮の肩はどんどん落ちていく。

〝お腹いっぱいになったら眠くなってきた〟

〝おい、勘弁しろよ〟

〝うーんっ。眠い――〟

そうして蘇った記憶のすべてが脳内で再生され終えた。


今朝はいろんな意味で残酷だと、木暮は思った。

寝室に射し込む朝日がこれほど罪深く、眩《まぶ》しいと感じたことはない。

「で？　俺はどうやって帰ってきたんだ？　帰巣本能でどうにかたどり着いた？　それとも天宮さんにここまで送ってもらった？」

しかし、残酷な現実はまだ続いていた。

木暮は自分が酔って寝落ちしたことまでは理解できたが、そこから先がどうなったのかがさっぱりわからなかったのだ。

「だとして飲み代は？　タクシー代は？　もしかして記憶がないだけで、自力で終電に乗って帰ってきたとか優秀なオチ？」

箸袋を眺めながら、あれこれ仮説を立ててみる。

上着から財布を取り出し、恐る恐る中身も確認した。

「あ…、全部払わせてる。最低、最悪だ」

待っていたのは、絶望的なオチだった。

日頃から意識し、節度ある社会人としてふるまってきただけに、泣いても泣ききれない。

かといって、このまま泣き伏せて知らん顔などできようはずもない。

「これは、菓子折持ってお詫《わ》びに行かなきゃ」

木暮は、まずは人としての道理を通すことを決意し優先した。

「この番号にかければいいんだよな？　これで繋《つな》がった先がおでん屋さんだったり、タクシー会社だったら目の前が真っ暗だけど…」

唯一の手がかりとも言える箸袋に書かれた電話番号を見ながら、携帯電話を手に取った。

「でも、どうして連絡先を貰ったんだっけ？　書いてもらったのは確かだろうけど、それがいつ、どうしてなんだか…、理由を覚えてないな」

出会いから寝落ちまでの記憶の中に、連絡先を聞いたシーンなどなかったし、また貰ったシーンもなかった。

となれば、やはり意識不明になっていた間にやりとりをしたのだろうが、実際のところは本人に聞くしかない。

木暮は固唾《かたず》を呑んで、天宮のものだと信じるしかない番号に電話をかけた。

「やばい。手が震えてきた」

ワンコール――――さすがにすぐには出なかった。

ツーコール――――普段なら感じない長さを感じ始めて、逃げ腰になるのがわかった。

スリーコール――――ふと、視線が泳いだ先に、ベッドヘッドの棚に置かれた時計が目に飛び込んできた。

『しまった！　まだ七時前だ。あとでかけ直そう』

木暮は慌てて通話を切ろうとした。

〝はい。もしもし〟

そんなときに繋がったものだから、心臓が飛び跳ねそうになる。

ドキドキなんて可愛いものではない。呼吸困難を起こしそうなほど心臓がバクバクしている。

「あ、朝早くからすみません。おはようございます。こちらは天宮さんの携帯電話ですか？」

さすがに切って逃げるわけにもいかないので、木暮は恐縮しながらもお伺いを立てた。

〝そうだけど…、誰？〟

声を聞けば、確かに相手が天宮だとわかる。

しかし、起き抜けで機嫌が悪いのか、その声にも口調にも甘さは感じない。

昨夜の寝落ちだけでも激怒されそうなところへ、朝っぱらから起こしたのだ。上機嫌なわけもないが、それでも何かもの悲しい。

これは完全に嫌われたな――――そんな気持ちになってしまって。

「木暮といいます。昨夜あなた様に新橋あたりで大変お世話になった者です」

それでも木暮はベッドの上で正座をしながら、相手から見えるわけでもないのに頭をペコペコと下げまくった。

〝ん？　昨夜…、ああ！　元・比村樹脂の木暮栄か。悪い、悪い、寝ぼけてて。わざわざ電話ありがとうな。あれだろう、出社の件だろう？　事務にはちゃんと話を通しておくから、とりあえず今日のところは来られる時間に顔を出してくれればいいぞ。退職に絡んだ事務手続きもあるだろうからさ〟

すると、天宮はものの数秒ではっきりと目を覚まし、声を弾ませた。

これだけでも木暮は〝嫌われた〟という落胆がなくなり、本当なら天にも昇る気持ちだ。

しかし、それにもかかわらず木暮が「はい？」と疑問形で聞き直したのは、天宮が〝ああ、よかった！　怒ってない〟だけではすまないことを言ったからだ。

〝だから、こっちは昼でも午後でも都合のいい時間で大丈夫だって言ったんだ。なんなら明日でも、来週からでもいいし〟

案の定、天宮は木暮が理解不能なことを話し続けてきた。

「あの、なんのお話でしょうか？」

恐る恐る問い返す。

自然と声が上ずってくる。

〝なんのって、今日からうちに来るんだろう。昨夜、失業したからハローワークだって言って、名刺を破いてたじゃないか。だから、それならうちに来るかって誘ったら、やった、ラッキーって。明日からでも行きますって――――。なんだよ、覚えてないのか？〟

するると、天宮はいっそう軽やかな口調で、木暮が携帯電話を手から滑らせるようなことを言った。

『失業したから、ハローワーク？　名刺を破いた？』

木暮は慌てて携帯電話を拾い上げると、悲鳴を上げそうな気持ちを堪《こら》えて、再度確認する。

「あの…。申し訳ありません！　まったく記憶にないんですが、俺はあなた様とそんな大切な話までしたんでしょうか？」

〝したした、帰りのタクシーの中で。職種もまったく無関係ってわけでもないから、ここならすぐに仕事も覚えられそうだって、ノリノリだったぞ。まぁ、記憶のない奴に説明しても、信じてもらえないかもしれないが…〟

確かに、そんな大それた話をした記憶など微塵もなかった。

寝落ちしたなら、そのまま寝とけよと思うも、もう遅い。

「…すみません。本当に、何から何まで――――ごめんなさい」

木暮は、話の内容が内容だけに、これ以上の言葉が出てこなかった。

どんな話題で盛り上がるにしても、これは忘れちゃいけない内容の筆頭ではなかろうか？

こんな大切な話を忘れるぐらいなら、餅入り巾着のほうを忘れろよ！

どうしてこんにゃくとちくわぶを覚えているのに、再就職の話を綺麗さっぱり忘れているんだよ、仕事がなければおでんどころじゃないだろう！　俺の記憶の優先順位っていったい!?　と、
木暮はあまりの事態にフッと笑ってしまった。

『ああ、もう駄目だ』

人間極限まで失望すると、どんな形であっても笑いが起こるらしいと初めて知った。

それをどう捕らえたのかはわからないが、天宮も笑って話を続けてくる。

〝いや、そもそも深酒させたのは俺だからな。それより今なら頭がクリアそうだし、本気で考えてみないか？　うちに来ること。どうせ転職することに変わりはないんだろう？　なにせ、セクハラしてきた上司をぶん殴って、今すぐ辞めてやるって叫んで飛び出したんだもんな、お前〟

他人事だと思って！

そう言って怒りたいのはやまやまだが、今の木暮に怒る資格はない。

『え？　これからまだ考えていいの？』

それどころか、何やら神の声が聞こえた気がして、木暮は携帯電話を片手に頬《ほお》を抓《つね》った。

『痛い！』

夢ではないらしい。

だが、これが現実ならば、もっと現実的に話を受け止めなければならない。

どんなに職にあぶれたとしても、何もわからない先に「では、お願いします」というわけにもいかない。

そうなれば、失礼を承知で聞くしかない。

「あ、はい。でも、その…、職種が無関係でもない会社って？」

木暮は今一度腹を括《くく》って、天宮に問いかけた。

〝愛愛玩具っていうおもちゃメーカーだ。俺の担当部署では、主にシリコンやエラストマー樹脂を材料にしたおもちゃや関連商品を製造・販売をしてる。だから、比村樹脂の営業にいたなら、即戦力になるかなと思って。名刺を持ってなかったから、携帯の番号だけ渡したんだが、そっちにパソコンはあるか？　あったら検索をかければ会社のホームページが出てくると思うんだが〟

しかし、勇気を出して貰った答えは、木暮の想像を遥《はる》かに超えていた。

「い、いえ！　ラブラブトーイなら検索をかけなくてもわかります。比村からは基礎加工した段階の原材料を購入していただいてます。担当は別の人間ですが、お得意様だということは十分伺っていましたので。はい！」

これが下請けや孫請けの会社ならいざ知らず、天宮が誘ってきたのは正真正銘の親会社だった。しかも、昨日まで勤めていた会社のお得意様の一つだ。反射的に背筋が伸びる。

〝なら、話は早い。どうだ？　正直うちは営業がきつくて長続きしないから、今日にでも人が欲しいんだ。もちろん、雇用契約のほうは、なるべく希望に添うようにする。こっちからスカウトさせてもらってるし、最低でも今の給料と同じ分は保証するが〟

さんさんと射し込む朝日の中で、木暮は〝夢じゃないか？〟と、また思った。

「あの、でも…、それって社会保険つきの正社員ってことなんでしょうか？」

〝もちろん。まさかアルバイトにスカウトするなんて失礼なことはしないって。正真正銘の正社員。厚生年金もあるし、うちにはボーナスとは別に自社株配布のオプションもつけてる。今時の就職事情からしたら悪くないとは思うぞ〟

これが本当の話なら、捨てる神あれば拾う神ありどころの騒ぎではない。棚からぼた餅もいいところだ。

「で、でも…。そんなすごい待遇…。見ず知らずの俺に、約束しちゃっていいんですか？　それも天宮さんの一存で」

〝もう、見ず知らずじゃないだろう。それに待遇に関しては、俺の一存で問題なし。俺の会社だからな、誰も文句は言わないさ〟

「え？　天宮さんの会社？」

しかも、絶望の底で棚から落ちてきたぼた餅は、ただのぼた餅ではなかった。

木暮はベッドから飛び降りてデスクまで駆け寄ると、すぐさまパソコンの電源を入れて検索をかけた。

ラブラブトーイのホームページにたどり着くと、会社情報の画面を開く。

白を基調としたシンプルな画面の中で、更に開いた会社概要の画面にあるのは資本金百億円の文字――――そしてタレント紹介かと思うようなイケメンの笑顔だ。

『ほ…っ、本当だ！　こんな男前、他人の空似とかってはずないし。天宮さんって、ラブラブトーイの二十三代目社長だったんだ！』

代表取締役社長として挨拶《あいさつ》文と写真を載せていた天宮の姿に、木暮は両目を見開き、瞬《まばた》きさえ忘れそうになった。

〝なんだ。取引先として覚えていたのは社名だけか？〟

当然のことを突っ込まれて、一気に冷や汗が流れる。

「勉強不足でした。大変失礼しました」

もはや、菓子折持参で謝罪どころではない。

営業職の自分がわからなかったのも大罪だが、こうなると社長子息で次期社長たる会社の代表者の一人、比村がわかっていなかったことのほうが問題だ。

仮にわかっていたとしても、ホテルでの状況を見られたとなったら、尚更《なおさら》大問題だ。

〝まぁ、普段現場にいるわけじゃないし、メディアに顔を出しているわけでもない。覚えてもらうには、もっとビッグにならなきゃ駄目ってことだろうよ〟

天宮はなんら変わらない口調で話し続けていたが、このまま笑顔で〝さよなら〟をされても不思議はない。

だが、そんなことになったらこの不況続きの時代にどれほどの痛手を被《こうむ》ることか、想像しただけで背筋が凍りつく。

「そんなことありません。一度会えば忘れません。天宮さんは、一目で記憶にも心にも残る方です。俺が勉強不足だっただけで。だから、昨夜のことも一部記憶が飛んでますが、天宮さんのことは覚えてました。顔も名前も声も、俺――――、ちゃんと思い出して電話もしましたから！」

すでに辞めた会社であっても、木暮は必死で謝罪した。

天宮がどう受け取っているかはわからないが、木暮自身は比村の分まで合わせて謝罪しているつもりだ。

〝そっか。ありがとう〟

「――いえ。すみません。本当にごめんなさい」

〝だから、そう謝るなって。俺はクレーマーじゃないと言っただろう〟

そうして木暮は、昨夜と同じ話をされて、奈落《ならく》の底まで落ち込んだ。

「はい…」

こいつは学習能力ゼロだなと判断されても仕方がない。

〝なら、話を戻すぞ。さすがにここで二つ返事ってわけにはいかないだろうから、しばらく考えてもらってもいい。実際のところ、冗談抜きに仕事内容はきついし、この業界も厳しいから〟

それでも天宮は態度も話も変えることなく、木暮に再就職の誘いをし続けてきた。

「はい…。あ、でも！　天宮さんは、俺ならできそうって思ったから声をかけてくださったんですよね？　その、前職での知識もあって、即戦力になりそうって思ったから…」

木暮は躊躇《ためら》いながらも、これだけは確認したいという気持ちで問い返す。

出会いが出会いだっただけに、同情からかもしれない。もし、そうだとしたら――そんな疑心や不安が少なからず胸中にあったからだ。

〝ああ。それもあるが、仕事熱心で愛社精神も旺盛だってことは十分伝わってきたからな。お前ならうちでも愛着を持って頑張ってくれるんじゃないかと思って。ま、ここは理屈抜きに直感ってやつだな〟

天宮の返事から同情らしきニュアンスは、まったくと言っていいほど感じなかった。

むしろ、昨夜はこれ以上ないほど醜態を晒し、ある意味本性をも晒していただろうに、そんな中からも木暮のいいところを見つけてくれていた。

仕事に真摯《しんし》な部分を認めて、受け入れてくれていたのだ。

それがわかれば、木暮に迷う理由は一つもない。

昨夜世話になった分まで、仕事で返そう。できる限り天宮と会社に尽くそう。

そう、即決するだけだ。

「でしたら、お言葉に甘えて、お世話になってもいいですか。俺、すぐにでも働きたいですし、働かないと生活にかかわるし。こんな俺でも雇ってもらえるなら頑張りますので」

木暮は、この場で天宮からの誘いを快く受けることにした。

〝そりゃ嬉しい。じゃあ、こちらこそお言葉に甘えてすぐにでも〟

こんな言葉、本来なら直接言ってもらえない。

それほど天宮は木暮にとっては遠い存在だ。

〝――――とはいえ、冗談抜きに保険の切り替えやいろんな手続きもあるだろうから、今週は残りも少ないし、こっちは顔出し程度でいいから。きっちりフルで働いてもらうのは来週から。そのほうが動きやすいだろう〟

しかも、これからはもっと遠い存在になるだろう。

大会社の社長と中途採用の新入社員では、廊下をすれ違ったところで会釈をするのが精いっぱいだ。

肩を並べて屋台でおでんを食べることなど、もう二度とないだろう。

そう考えると、やはり昨夜のことは夢にも近いひとときだったのかもしれない。

今だってそうだ。

「何から何までお気遣いいただいてすみません。ありがとうございます。助かります」

木暮は、彼を「天宮さん」と呼べるのが、この電話で最後だと思うと、少なからず寂しさを覚えた。

たとえようもない不思議な感覚だったが、それさえ愛《いと》おしくも感じた。

「これから、どうぞよろしくお願いいたします」

次に会うことがあれば、彼を「社長」と呼ぶことになる。

自分は彼の会社に勤める社員なるのだ。

関連会社を含めれば五千人は下らないであろう社員のうちの、一人になるのだから。

＊＊＊

天宮との電話を終えた木暮は、すぐにシャワーを浴びて気持ちを切り替えた。

そして、まずは引き継ぎに必要と思われる仕事情報のまとめと謝罪込みの挨拶文を前職の上司にメールし、社内に残した荷物は明日片づけに行くことも追記し、次の行動に移った。

昼前にはホームページで確認したラブラブトーイ本社へ出向いのだ。

『うわ…。自社ビルも大きいな』

もとは駄菓子屋に置かれていたような遊具の製造販売からスタートしたラブラブトーイの本社は、東京《とうきょう》の中でも下町情緒が残る上野《うえの》駅付近、動物園や美術館の目と鼻の先にあった。

今ではゲーム機器やソフトからおままごとセット関係、ぬいぐるみやドールハウスなど幅広い遊具を手がけて日本国内から世界へと販売を展開していて、大人になってもラブラブトーイの商品を持っている者はかなり多いだろう。

ストラップやちょっとした小物に至るまで品物が出回っているため、意識すれば木暮の身の周りにも目につく品はかなりあったほどだ。

それだけに、木暮は見上げても視界に収まりきらないほどのビルの前に立つと、一度深呼吸をしてからエントランスに足を踏み入れた。

期待と不安を胸に、まずは総合案内のカウンターへ向かった。

しかし、ここで木暮は〝やっぱり夢だったのか〟と思うような、ある意味現実的な言葉を突きつけられた。

「――――すみません。当社の天宮からは、そのようなお話は伺っておりませんが…」

「え？　でも…。受付で言えば、天宮さんのところに案内してもらえるようにしておくって言われたんですけど」

受付嬢が申し訳なさそうな顔で、何度も手元の予定やパソコン画面を見ながら確認してくれているが、木暮のことは記されていないようだ。

狐《きつね》にでも抓まれたような気持ちだが、全部夢だったのかと思っても、妙に説得力がある。

『ま、そんな都合のいい…あるわけないか』

棚からぼた餅とはいえ、話がうますぎた。

上司のセクハラから助けてくれたのが大企業のイケメン社長で、そのまま転職先まで用意してくれるなんて、どんな映画やドラマだ。非現実的にもほどがある。

信じた自分が馬鹿だったまでは思わないが、かと言って、いい夢を見たで片づけるには奇妙な話だった。

「申し訳ありません。では、ただいま直接確認を取りますので…」

「あ、いいです。こちらの勘違いだったみたいなので、お手数をおかけしてすみませんでした」

木暮は受付で謝罪をすると、その足でハローワークへ行こうと決めた。

だが、軽快な足音が近づいてきたのはそんなときだ。

「どうした？　何かあったのかい」

「あ、社長」

「天宮さ…っ⁉」

木暮の前に、外から戻ったばかりの天宮が現れ、声をかけてきたのだ。

『あれ？　違う…？　いや、違わない？　背格好も顔も確かに天宮さんだと思うけど…。どうしてだろう、別の人な気がする』

木暮は受付嬢が「社長」と呼んだ天宮の姿を見ると、何か違和感を覚えた。

他人の空似であるはずがない――――そう思ったのは自分のはずなのに、なぜか木暮が知る天宮とは別人な気がした。

背丈もマスクも声色さえもそっくりなのに、何かが違うのだ。

「私が彼をうちの営業部に引っ張った？　そう言ったんだね」

「はい」

木暮がポカンとしている間に、天宮は受付嬢からことのなりゆきを聞き出していた。

『やっぱり違う。俺のことわかってない。そっくりだけど、別の人だ』

この様子を見ただけで、彼が木暮の知る天宮ではないことは明白だった。

何がなんだかわからないが、とにかく別人なのだから、木暮は帰ろうと思い会釈した。

「あ、失礼。君、名前は？」

「いえ、あの…。すみません。何かの間違いだったみたいです。お忙しいところ、申し訳ありませんでした」

「ちょっと待って。君、天宮から声をかけられたんだろう？」

すると、彼は木暮の腕を摑んで、かなり強引に引きとめてきた。

「はい。――――いや、でも、人違いだったので」

「いや、それはまるきり人違いってことじゃないから。君に声をかけたのは私の弟だ」

こんなことになっているのに、彼はクスクスと笑っている。

「弟…さん？」

「そう。双子のね」

「双子⁉」

そんな馬鹿な――――さすがに木暮も叫びそうになった。

言われてみれば一番納得のいく答えだが、〝これなら夢だったほうが、現実味がある〟と感じた。いろんな意味ですべてが〝胡散《うさん》臭く〟思えてきたのだ。

「これで納得した？　ただ、弟が経営担当をしているのはカタカナじゃなくて、漢字のほうのラブラブトーイ。ここの裏にある会社のほうだ」

「裏にある…会社？」

「向こうからしたら、こっちが裏にあるだけだって言うだろうけど。まあ、とにかく案内するから一緒に来て」

それほど大会社の社長だと認識したはずの天宮の兄が、気さくに接してきたから。

「え？　いや、けっこうです。お忙しいでしょうし、申し訳ないですから」

「いいから、いいから。ここで逃げられたら、私が怒られるし」

弟同様、さりげなく聞き捨てならないことを言ってきたから。

「逃げられる？」

「こっちの話。とにかく、さ」

木暮は、さんさんと輝く太陽のような笑顔で案内を申し出られるも、まったく気が許せない状態に陥った。

社内を通り抜けて、通用口から裏庭に出るも、その間背中に回された手が気になって気になって。どこかへ連行されている気分になって、いやな予感ばかりが肥大していったのだ。

「あ、本当だ。社名が漢字だ。けど、これで読み方が一緒なんですか？」

そうして小さな公園程度の中庭だか裏庭を抜けると、そこには漢字で〝株式会社愛愛玩具〟と社名が掲げられた三階建てのビルがあった。

外観はシンプルかつスタイリッシュで、表のビルを小型化したような建物だ。

先にこちらを見ていれば、小さな会社だなとは感じないだろうが、何分先に見た会社が大きすぎた。

双子なのにこの差はなんだろうと、自然に詮索《せんさく》してしまいそうになる。

「そう。取り扱い商品が違うから看板は変えてるんだけど、資本は一緒。雇用条件は変わらないよ。だから保障関係も何も同じだし、そこはまったく心配はいらないから」

しかも、やはり気になるのは、この言いようだ。

そう言われると、なぜか余計に心配になってくる。同じ社名で字面違いの会社が二つ。何かおかしくないか？　と。

「ま、それでもよっぽどここじゃ無理だなって感じたら、直に私に言ってきて。こっちで勤められるようにフォローするから」

木暮は、天宮の兄から正真正銘老舗の玩具会社、ラブラブトーイ代表取締役社長・天宮興輝《こうき》の名刺を貰うも、不信感が抜けない。

「――――はい。ありがとうございます」

相槌を打つように返事はするものの、気持ちはどこか上の空だ。

『なんだろう？　至れり尽くせりすぎる。愛愛玩具にはよほどの無理難題があるってことか？　そういえば、営業がきつくて続かないって言ってたし』

こうなったら、すぐにでも天宮本人に会いたい。会って詳しい話を聞きたいと願う。

木暮は、もう二度と顔を合わせられないかもしれない、話もできないかもしれないとまで思った天宮だったが、足を踏み入れた小ぶりな会社が、その憂鬱《ゆううつ》さだけは吹き飛ばしてくれた。

どこから見ても中小企業――それも小企業にしか見えない会社のトップならば、話をする機会ぐらいはあるだろう。

場合によっては全社員総出の宴会だってあるかもしれない。それこそ「おでんパーティーしましょうよ」という提案さえできそうな会社の規模に、木暮はここへきて初めて勇気を貰った。

「あ、お待ちしてました。天宮から聞いております。さ、どうぞ。営業部のほうに案内しますので」

そうして訪ねた二度目の受付には、警備員兼用と思われる制服姿のおじさんがいた。

厳《いか》つい見た目のわりに愛想のよい笑顔は先ほどの受付嬢となんら変わりないが、華やかさに欠けると言えばそれきりだ。むしろ親近感が湧《わ》く。

「あの、それで天宮社長は？」

木暮はエントランスで天宮の兄と別れると、その後は受付のおじさんに案内されてビルの中へと入っていった。

廊下も何もすべてが視界に収まるコンパクトな内装の造りが、かえって安心感を誘う。

通りすがりに覗《のぞ》くことができるガラス張りの各部署。その中から見える社員たちの笑顔は、表の巨大なビルでは見られなかったものだ。

「生憎、急な仕事で出ているんです。でも、木暮さんのことはちゃんと伺ってますから、大丈夫ですよ。あ、月岡さん！　お待ちかねの木暮さんがお見えになりましたよ」

「来た？　来たか⁉　おお、やったー‼」

そうして木暮は、ビルの二階の一室に案内されると、これから苦楽を共にすることになるのだろう先輩社員・月岡と顔を合わせることになった。

「いやーっ、待ってたんだよ。もしかしたら入り口でUターンされるんじゃないかと思ってたけど、さすがは社長直々のお声がかり。やっぱり根性が違うな～。あ、君って比村樹脂の本社で営業してたんだよね？　なら、素材の説明はいらないよね」

いまいち意味不明と言うか、聞き捨てならないことを発するのはこの敷地内の人間の共通だろうか？

『入り口でUターン？』

木暮は首を傾《かし》げるも、声に出して聞けない。

「とりあえず、社内から案内するよ。とはいっても、表会社の一角にあるような裏会社だから、あっという間に案内し終わっちゃうけどね」

そうして、見た目から三十半ばとわかる饒舌《じょうぜつ》そうな男性、どちらかと言えば何かスポーツでもしていそうな熱血系の月岡に案内された最初の場所が、ここで取り扱われている商品が山積みに

なった倉庫だった。

　本気なのかふざけているのかよくわからないような名前がつけられた、バイブレーターをはじめとする大人のおもちゃの山だった。

『シリコン。エラストマー樹脂。確かに、確かに〃それらが使われているおもちゃ〃だってことに偽りはないだろうけど。なんか、騙《だま》された感が拭えないのは俺だけか？』

　木暮は、世の中そううまい話などはないと痛感したが、それと同じぐらいこんなとぼけた話もそうそうないんじゃないか？　本当ならあっちゃいけないんじゃないかと思った。

「ふふふ。くくくく」

　ここでも木暮は、無意識のうちに笑ってしまった。

　人間どんなときでも笑えるんだと悟るよりは、笑いはどんなときでも現実逃避への逃げ道なんだと、改めて実感しながら――――。

2

確かに株式会社愛愛玩具社長・天宮昊司は、木暮に対して出合い頭から何一つ嘘はついていなかった。

至るところで気遣いや優しさは見せたものの、事実無根な話は一つとして口にしておらず、ホテルから出て駅まで一緒に歩いたのも、自分の行き先と重なっただけのこと。会社に関しても、彼は何もかも正直に話してくれた。

社名も自分の役職も仕事がきついということも、木暮に営業担当してほしいと希望した商品がシリコンやエラストマー樹脂を使用したおもちゃだということも、彼は実に軽やかな口調でありのままを説明してくれた。

ついでに言うなら、会社の名前が漢字かカタカナかを確認しないで、勝手にカタカナのほうだと思い込んだのは木暮のミスだ。

あのとき天宮は、「ネットで会社の詳細が確認できる」と促してきた。

そこできちんと確認していれば、字面の違いにも気づけたかもしれない。

それなのに、老舗の玩具会社からスカウトしてもらったと思い込んで浮かれたのは、誰あろう木暮だ。

一滴の酒も残っていないクリアな頭で記憶をたどったところで、天宮に落ち度はない。

しかも、「よく考えてから返事をしていい」とも言われたのに、その場で「お世話になります」と即決したのも木暮自身だ。どこを探しても彼に罪はないだろう。

たった一つ、どうして〝おもちゃ〟の前に〝大人の〟と一言つけ加えてくれなかったのか、そのことを除けば！

「――――だからってこんなおもちゃ、そもそもどこの誰に売りに行くんだよ？」

とにもかくにも初日の会社訪問に簡単な挨拶を終えると、木暮は逃げるようにして帰宅した。

玄関から真っ直《す》ぐに寝室へ向かうと、鞄《かばん》と上着をベッド上に投げて、そのまま頭を抱えて腰をかける。

「それにこの手の会社に営業部って必要なものなのか？　ダイレクトに販売部でいいんじゃないのか？　だいたいこれって、ネットや路地裏にこっそり出してるような自社店舗で、相手の顔を見ないようにしながら売ったりするものなんじゃないのか？　それとも小売店への営業を頑張れってことなのか？」

決めつけるのは申し訳ないが、他にイメージできるものがなかった。

「それにしたって、子供相手に商売している会社が裏でこんなことしてたら、ＰＴＡや教育委員会に訴えられるんじゃないのか？　それとも学習教材を売ってるような出版社がエロ本出してるぐらいだから、今の世の中なんでもあり？　これぞ萌《も》え産業大国日本⁉　でもなぁ～っ」

資料にと渡されたパンフレットを手にするも、一ページ目で挫折した木暮には、営業トークどころか商品名を覚える自信さえなかった。

「天宮さんは…。いや、天宮社長は、なんでまたこんな会社を…。どう考えたって、兄弟手に手を取って従来のラブラブトーイに心血を注いだほうが、いろんな意味で夢があるよな？　本人のビジュアルにもよっぽど合ってるし。どうして裏会社の設立なんか？」

こうなると行きつくところは根本的な疑問、天宮本人への疑問しかない。

木暮は何をどうしたら〝おもちゃ屋で表裏経営〟という発想になるのか、手にすることさえ躊躇われるパンフレットをチラチラと見ながら考えてみる。

「――――なんて、会社の設立事情なんてどうでもいいか。おもちゃはおもちゃだ。きっとあの人たちには全部一緒くただったんだ」

答えなど出るはずもなく、ベッドに突っ伏した。

「原料の単価を値切るために大量仕入れ。けど、幼児向けのおもちゃだけじゃ消費できなかったもんだから、この際大人用のおもちゃも作ってみたとかって単純発想だったかもしれないし。そもそも資本が一緒だから保証も一緒だって言いきったところで、実は兄弟のどっちが、どっちの社長でも関係ないのかもしれない」

変に理由を探さず、単純に考えてみる。

顔も背丈もノリも似たり寄ったりの兄弟だ。

若干兄のほうがインテリでナンパな印象はあったものの、一卵性双生児だけあって似てないところを探すほうが難しい。

とすれば、きっとあの兄弟からしてみれば〝おもちゃはおもちゃ〟だったに違いない。玩具《がんぐ》や遊具に昼夜や年齢制限での差別があってはいけないという、代々の教えがあったのかもしれない――と、余計なことまで考えて、木暮は凹んだ。

何をどう考えたところで、自分の中にある〝大人のおもちゃ〟への印象は変わらない。

笑顔でこれまでどおりの売り口上が出てくるとは思えなかったのだ。

「それに、どうしても無理そうだったら、表の会社に入れるようにフォローしてくれるって言ってたんだから、ここは素直に無理ですって頭を下げればいいことだよな？　俺には無理です。だったらおままごとセットを売らせてくださいって言うほうが、人生の岐路としても正しい選択だよな？」

木暮は数時間足らずの出社で、かつてない挫折感を覚えていた。

「それで言えるものなら、帰り際に泣きついてるか。二日続けて辞職を言い出さなかっただけ、まだマシだ。さすがに会社で一度も天宮さんの顔を見ないまま、ごめんなさいってわけにいかないし。せめてちゃんと顔を合わせてから、謝罪するのが筋だ」

かといって、ベッドでゴロゴロしていたところで埒《らち》が明かないので、のそりと起き上がってキッチンへ向かう。

腹が空いては戦もできぬ。今後の行き先を考えるにしても、空腹では悲愴感にばかり駆られそうで、夕飯の支度を始めようとしたのだ。

しかし、寝室からリビングに出たところで、木暮は留守番電話のランプが点滅していることに気がついた。

「あれ？　なんだろう。もしかして引き継ぎの内容がよくわからなかったのか？　それとも机やロッカーの整理、明日回しにしたから怒ってる？」

そういえば、携帯電話にも何度か連絡が来ていた。

新たな職場で前職からの電話に出るのもなんだし、というよりは完全に愛愛玩具の衝撃に負けて対応を放置してしまったので、こうして自宅電話にかけてきたのだろう。

「もう、後任が来るんだから、さっさと場所空けろとか。目障りだから私物は捨てたぞとか入ってたら、マジ泣きしちゃうな」

木暮は追い打ちをかけられる覚悟で、再生してみた。

メッセージの件数は三件――――最初の一件は誰だろうか。

〝もしもし、木暮！　俺だ。お前、いきなり会社を辞めるって、何がどうしたんだ。これは四月馬鹿か？　一世一代のエイプリルフールか⁉　だとしても、日にちが合ってないぞ。いったい何がどうなってるんだ。もう、今日は仕事にならないじゃないか。ふざけてないですぐに出てこい！わかったな‼〟

「…西井《にしい》さん…」

血相を変えて連絡してきたのがわかる相手は、以前の職場の先輩だった。

営業部だけにライバル視されることも多かったが、それをうまく自分の励みにできるタイプで、木暮にとっては頼りがいのある先輩だ。

そして続けて二件目は――――。

〝もしもし。所沢《ところざわ》だ。突然のことに驚いている。何があったかわからないが、真面目な君のことだ。よほどの理由なのだろうが、とにかく明日にでも一度出てきてほしい。なんなら私のほうからそちらに行く。このままでは橘屋への納品もままならないし、先方は君を気に入って納品を決めてくれたのだから、キャンセルされかねない。とにかく、私は君の味方だ。理由を話してほしい。できる限り力になると約束する。連絡を待っているよ〟

「課長」

紳士の文字を地でいく初老のマダムキラー・営業課長の所沢からだった。

西井同様かなり困惑していることが窺える。

木暮が突然辞めると言ってきたところに、得意先からも何か連絡があったのだろうが、納品がままならないとは大事だ。これに関してはできる限りのことはしなければと、木暮も思う。

しかし、そんな気持ちで聞いた三件目のメッセージといえば――――。

〝もしもし、私だ。比村だ。昨夜のことは私が悪かった。心から反省している。だから即日他社に行くなんて仕返しはやめてくれ。そもそも君はまだ、我が社の社員だ。今日は有給扱いにしてある。気持ちが落ち着くまでは休んでもいいが、あくまでも有給だ。決して退職扱いにはしないから、どうか思い直して、一日も早く出てきてくれ。それじゃあ、待ってるからな〟

諸悪の根源たる比村からだった。

さすがに自分が原因だとわかっているだけに、下手《したて》に出てきた。

退職理由が周りにバレることを恐れているのかもしれないが、根回しのいいことだ。欠勤どころか有給にしているあたり、力の誇示も感じたが。

「あれ？　なんで俺が新しい会社に行くってバレてるんだ？　それともこれってハローワークに行くのは早いぞって意味か？」

それでも辞職の話は比村と所沢の間で揉み消されていた。

木暮は聞き終えたメッセージをそのままにして、キッチンへは行かずに再度寝室へ戻る。

「けど…、これって今ならまだ間に合う。会社に戻れるってことだよな？」

ベッド上に投げ出したパンフレットを見ながら、心が揺らいだ。

鞄の中には、レッツ快感シェアリングをキャッチにした〝これの見本〟が入っていることを考えると、ぐらぐらと揺れる。まるで振り子のようだ。

「いや、そんな都合のいい話はないか。いずれにしたって無責任だ。どちらに対しても最低だ」

今日ほど社会人、仕事人としての真価を問われたことはない気がしてきた。

「でも、どうせ無責任で最低になるなら、この際全部に背を向けるのもあり？」

こんなにも、不実でいやな人間になってもいいかもしれないと覚悟したことはない。が、そんな木暮の心を見透かしたように、スーツの上着の中から携帯電話が鳴った。

「って、聞こえた？　もしかして、どっかで聞いてた？」

洒落《しゃれ》で設定した着信メロディーは、おもちゃのチャチャチャ。天宮のプライベートナンバー専用だ。

向こうから直接かかってくることはないと思いながらも、設定しているときは楽しかった。

何か大切な思い出を封じ込めるように、この曲をセットしたのが遠い昔のようだ。

戸惑ううちに留守番電話に切り替わりそうになって、上着を探った。

『天宮社長』

慌てて出るも、第一声が震える。

「はい…。木暮です」

〝あ、俺だ。天宮だ。今日は留守にしてすまなかったな。いきなり倉庫から案内されたって聞いたが、大丈夫だったか？　さすがにあの量だし、驚いただろう〟

断るなら今だ。この営業は無理ですと言うならここしかないと思えば、余計に声も上ずってくる。

「はい…。直には見たことがない品というか、量でしたから」

天宮は心配して連絡をくれたようだった。

〝それと、兄貴から聞いたんだが…。俺の説明が足りなかったみたいで悪かったな。ごめん〟

「いえ、そんな。入り口を間違えたのは俺ですし、謝らないでください」

こんなところにも彼の人柄が出ていて、申し訳なくなってくる。

その反面、これなら「無理です」と言っても、そう印象も悪くならない気がして、木暮は切り出すタイミングを計り始めた。

〝でも――実際の話どうだ。もう、気が変わったか？〟

「え？」

しかし、話を先に切り出されて戸惑った。

〝入り口を間違えたってことは、会社そのものを間違えたってことだろう。間違えても仕方のない説明しかしなかったのは俺だし、実際同じおもちゃでも違いすぎるからな。それに、今ならまだ前職に戻れるんだろう？〟

「…っ、どうしてそんなことまで」

比村に言われた転職の件にも驚いたが、天宮が留守番電話の内容を知っていることには、なお驚いた。

〝仕入れの件でこじれて、比村の本社まで行ってきたんだ〟

「仕入れで、こじれた？」

言われるまでもなく、もともと二社には付き合いがある。それは木暮も承知している。

だとすれば、天宮が比村に出向くことがあっても不思議はない。

だが、社長自ら出向いたとなれば、よほどのことだろう。木暮がどうこうというより問題だ。

〝ああ。ここのところ立て続けにやられているんだ。原材料の仕入れ値や運搬料の都合で、こっちも卸値を上げたいって。無理なら自社で使うだけだから、悪いがこれ以後は卸せないって。まぁ、こっちが足元を見られてるだけなんだろうが、さすがに一度や二度じゃないから兄貴がぶち切れて乗り込むって言い出したんだ。さすがにそれじゃあ、ことが大きくなるから、代わりに俺が行ってきたんだが…。そしたら昨夜のセクハラ上司にばったりと――〟

「会ったんですか⁉」

やはり話は深刻だった。

しかも、その内容で出向いた先で、対応に当たったのが比村だったのかと思うと、木暮にはその場の衝撃も状況も想像ができず、ただただ声が跳ね上がった。

〝会っても不思議じゃない状況だったからな。明らかに向こうのほうが、ばつが悪そうだったけど。ただ、あとあと知られて絡まれても厄介だと思ったから、お前が退職後はうちに来るって伝えたんだ。そしたら、木暮は退職なんかしてないし、させてないって。だいたい誰が大事な部下を、そんな卑猥《ひわい》な会社になんかやるかって、ものすごい剣幕でこられて…。結局仕入れの話どころじゃなくなって、また後日出直すことになったけどな〟

説明されて、やりとりが目に浮かぶ。

本当にそんな失礼なことを言ったのか。いや、比村のことだ。言ったんだろうなと思えば、天宮への申し訳なさばかりが肥大する。

「重ね重ね、すみません。本当に公私共々、失礼やらご迷惑ばかりおかけして申し訳ないです。ごめんなさい」

この場でも木暮は謝るしか術《すべ》がない。

どんなに天宮が「俺はクレーマーじゃない」と言ったところで、笑って「冷静なご対応をありがとうございます」とは言えない内容だ。

〝いや、これぐらいは構わないって。どうせ奴の弱みを握ってるのは、俺のほうだ。お前がこれまでどおり勤めたいって言うなら、二度と同じことはするなよって釘《くぎ》を刺すだけだ。ついでに仕入れ値も従来どおりか、この際それ以下にしろって交渉して。このままあくどい商売ばかりしてると天誅《てんちゅう》が下るぞって脅しとけば、しばらくは良心的な商売に徹するだろうしな〟

それでも天宮は、木暮に対しては何一つ当たってくることはしなかった。

すべてを逆手に取って、木暮にも自社にも有利なほうに持っていくだけだと笑ってくれた。

「天宮社長…」

〝だから、今の段階で無理だと感じてたら、正直に言っていいぞ。兄貴のほうなら勧められるが、俺のほうじゃ勧められないとか。もしくは退職扱いになってないなら、やっぱり比村で頑張りますとかさ〟

これは彼の優しさだ。最初から変わらない気遣いだ。

それがわかっているのに、どうしてか木暮は話を聞くうちに腹立たしくなってきた。

「それは、俺は愛愛玩具に必要ないってことですか？　それとも俺が比村に戻るほうが部長に仕入れ値の件で交渉もできるし、会社にとっても都合がいいってことですか？」

自分がなぜこんなことを聞いているのか、確かめているのかもわからない。

〝いや、そういうわけじゃない。仕入れの話は、お前の件とは別だし。俺はただ…〟

「なら、そんな確認しないでください。されたくありません」

しいて言うなら衝動だった。理性よりも感情が先に動いたに他ならない。

〝木暮〟

「俺なら頑張れるだろうって思って声をかけてくれたのは、天宮興輝社長じゃありません。天宮昊司社長です。ましてや比村樹脂は昨夜退職した会社です。急なことで手続きが滞ってますが、俺はもう…、戻る気はありません。戻りたいとも思えない会社になってます」

木暮は、天宮から仕事に対する意欲や姿勢を認められて誘われたことが嬉しかった。

それは彼が大会社の社長であっても、なくても同じだっただろう。

だが、だからこそ、それを今になって撤回されたことが悔しかった。言い方はソフトだが、「俺の買い被りだった」と言われた気がして、癇《かん》に障ったのだ。

〝そっか。それは俺が悪かった。ごめん、ごめん〟

しかし、木暮がムキになって食いついたわりに、天宮は嬉しそうだった。

〝いや、みんなお前に期待してるし、心から歓迎もしてる。もちろん俺もだ。だから、余計にこれだけは確認しておかないとと思ったんだが、かえって失礼だったな。本当に、ごめん〟

冷静になれば、少なからず天宮もショックを受けたのだろうと想像ができる。

喜び勇んで出社してきた木暮が向かった先は自分のところではなく、兄のところだったのだ。

職種が違わずとも、落胆する部分はあるだろうに、表と裏でここまで職種が違うのだ。

その自覚があるだけに、天宮が覚えた木暮への思いは一言では語れないだろう。もしも自分が彼の立場だったら――――そう考えただけで、木暮はますます申し訳なくなった。

「いえ、俺のほうこそすみませんでした。つい、ムキになって」

〝それだけ仕事熱心だってことだろう。これまでプライドを持って仕事をしていた証《あかし》だ。かえって頼もしいよ〟

それなのに、こんなときにそんなことを言われたら心が震える。

たとえお世辞でも勤め人にとっては嬉しい言葉だ。これが本気だったら天にも昇る気持ちだ。

携帯電話を握る木暮の手にも力が入る。

〝今の気持ちが聞けてホッとした。じゃ、俺はまだ仕事があるんで、今夜はこれで〟

「はい。ありがとうございました」

期待している、歓迎していると言われて、木暮は胸が躍った。

「もちろん俺もだ…、か」

自然に頬も熱くなり、なんだか胸の高鳴りさえ先ほどとは違う。

「天宮社長」

しかし、極上な高揚から赤らんだ頬さえ瞬時に蒼白《そうはく》にしたのは、やはり現実問題だ。

「――――って、だからどうして断らないんだよ、俺は。わざわざ相手から辞めていいって、比村に戻っていいって切り出してくれたのに、なんであそこでムキになるのかな？」

これが営業の最前線で身についた反射神経だったのかどうかはわからない。

無理だ、やれない、できないだろうと言われたものほど挑戦し、勝利したくなるのは性格であって、後天的なものではないかもしれない。

「こんなの、こんなの触れないいし、俺には売れないよ」

だから〝後悔先に立たず〟というのだろうが、今更悲鳴を上げたところで、もう遅い。

恐る恐る鞄をひっくり返して見本を出してみたが、いざとなると手も出せない。

空になった鞄を抱きしめ、途方に暮れる。

「でも、よろしく頼まれちゃったし。偉そうに、はいって返事しちゃったしな」

何をどう振り返っても、悪いのは自分だ。

たった今すませた電話にも、天宮に落ち度はない。責められるところもまったく見当たらないのだから、どうしようもない。

「そもそも無理やり部下を愛人にしようとした比村部長にだけは、卑猥な会社なんて言わせたくないし。天宮社長のことだって、馬鹿にされたくない」

それどころか、天宮は木暮とかかわったがために、比村から本来なら受けなくてもいいだろう侮辱まで受けた。

どんな経緯や思いがあってあのような表裏会社を経営しているのかはわからないが、トップとして出向いた先で、自社を「卑猥な会社」だと口にされて腹が立たないわけがない。

たとえ一部の取り扱い商品に羞恥心を誘うものがあったとしても、ラブラブトーイ自体は創立以来子供に夢と希望を与えてきた玩具会社だ。今も、そしてこれからもその基本や理念が変わることはないだろう、業界屈指の一流会社だ。

「それに、どんな形のものであれ、なんの目的で作られたものであれ、これが愛愛玩具の主力商品であることは確かだ」

木暮は今一度腹を括り直すと、ベビーピンクのボディーを持ったバイブレーターを直視し、箱から出してみた。

「仕事である限り、全力を尽くすしかない」

人生初のチャレンジだったが、まずは手に取りスイッチをオンにする。

しかし、電源を入れると同時にボディー全体を怪しくくねらせ始めた物体に、木暮は心底からドン引きした。

「うわっっっっ！」

何をどう理論づけても、こんな動きをする陰部を持った男性はいない。

それにもかかわらず、最初にこんなものを動かそうと考えたのは、いったいどこの誰なのか？

現実逃避も含めてデスクに逃げると、木暮はパソコンを開いて〝世界で初めて作られたバイブレーター〟と打ち込み検索をかけてみた。

「え？　電動バイブは一八〇〇年代に女性のヒステリー治療の一手段として、イギリスの医師、モルティマー・グランビル博士により発明された。ビクトリア時代からあったのか？」

答えが出てきたことに、まず啞然《あぜん》とした。

しかし、最初の目的が医療用なのかと思えば、見方も変わる。

それ以前にディルドなんてものもあったわけだし、大人の玩具は玩具としての誕生や歴史があるはずだが、なんにしても最初に動かしたのが医師だという事実は大きい。

木暮はちょっとだけいやらしいイメージが軽減し、罪悪感や羞恥心が薄れた気がした。

ついでとばかりに基礎知識を増やすべく〝バイブ〟〝特許〟で検索をかけてみる。

「うわっ、インターナショナル！」

嘘のようだが、世界中でいろんな効能を持ったバイブが特許申請・取得されていた。

さすがはビクトリア時代からある品だ。考えようによっては、医学の進歩と同じほど、このヒステリー治療器も進歩し、進化を遂げてきたに違いない。

「どんなものにも歴史ってあるんだな…」

だからどうしたという話だが、木暮はその後も現実逃避を続けた。

ベッドに置かれた実物やパンフレットからは目を背け、ヒストリカルかつ医学的方面での自習に埋没していった。

「へー。ふーん」

おそらく仕事的には要《い》らない知識や教養になりそうな気はしないでもないが、それでも完全逃避よりはマシだろう。

それが言い訳にしかすぎないのは、わかっていたが――。

＊＊＊

どう考えても、役に立つとは思えない知識ばかりを詰め込んだ翌日、木暮は前の職場へ出向いて、正式に書面での退職届を提出した。

「突然のことで、本当にすみませんでした。これまでよくしていただいて、ありがとうございました。西井さんには特にお世話になって…」

「理由は話してくれないのか？　もしかして、先日の接待で何かやらかしたのか？　だったら俺、一緒に先方行って土下座でもなんでもするぞ。だから、謝ってすむことなら…」

「いえ、そういうことではありません。先方は快くお話ししてくれましたから、今後の引き継ぎのほうを、どうかよろしくお願いします」

いきなり辞められたら、得意先に卸せなくなるかもしれないというのは所沢の危惧《きぐ》であり、先方から何かを言ってきたわけではなかった。

それがわかれば、後ろ髪を引かれることはない。木暮は安心して去ることができると思った。

「ラブラブトーイからヘッドハントされたっていう噂《うわさ》も出てるけど、本当か？　それとも部長か課長に何か言われたのか？」

そもそも自分でなくても、本社営業には西井をはじめ敏腕ばかりが揃っている。仕事的には心配はない。自分はまだぺーぺーだし、心配するのはただの驕《おご》りだ。

だったら何をどうやっても逆らうことが許されない相手からのセクハラ・パワハラを回避するために、保身に走ったところで罪はないだろう。ここは自己判断・自己責任だ。

「ヘッドハントなんてされてないですよ。偶然というか、なりゆきで決まっただけです。部長や課長にもよくしていただきましたし、俺の退社は一身上の都合なんです。それしか言えないんですけど――――本当にお世話になりました。それじゃあ、俺はこれで」

「木暮…」

たとえこのあと「あいつは無責任だった」と非難されたところで、実害が出てからでは遅いのだ。仕事のことなら同僚・上司が補ってくれるだろうが、木暮の貞操に関しては誰がどうこうできる話ではない。

自分にしかできない、責任の取りようがないことを最優先にするならば、木暮は飛ぶ鳥跡を濁さず、逃げるが勝ちだと判断した。

上司と痴情でもつれるのもいやだし、他人の家庭トラブルの原因にされるのはもっと本意ではない。

何より、もともとそんな趣味もないのに、同性愛者の烙印《らくいん》を押される羽目になるのも勘弁してほしい。

木暮に彼女がいないのは、別に彼氏が欲しいからじゃない。単に、出会いが多いわりには、ときめきに恵まれなかった。なんとなく交際できるチャンスはあっても、気持ちがついていかなかっただけのことで、気がついたら今日に至ってしまっただけだ。

女性に興味がないわけじゃない。持って生まれたオスの本能も、ちゃんとあるのだから。

『ごめんなさい。西井さん。ありがとうございました』

木暮は、ラブラブトーイに勝るとも劣らない自社ビル内を歩きながらも、一歩一歩踏み締めるごとに新たな仕事、職場へと気持ちを切り替えていった。

未練や無念さがないと言えば嘘になるが、これればかりは仕方がない。比村が次期社長を約束された男である限り、木暮は去ることでしか自分自身を守れない。

己の意思を貫けないのだから――――。

「待つんだ、木暮!」

しかし、エントランス手前まで来たところで、木暮は突然肩を摑まれた。

『比村部長…』

相手は怒りを露《あら》わにした比村だった。

一歩下がったところには所沢も控えていた。彼のほうは純粋に心配そうに木暮を見ている。

「お前、本当にあんな会社に移るつもりじゃないだろうな。表のほうならまだしも、裏なんて。わかってるのか？　愛愛玩具はふしだらな淫具《いんぐ》の製造販売会社だぞ。もし、この前のことで天宮の弟に弱みでも握られたって言うなら、俺がどうにかする。だから思いとどまれ」

木暮は耳を疑うようなことを言われて、唇を嚙みそうになった。

そもそも不倫を強要してくるような男に、「ふしだら」とは言われたくない。

しかも、元をただせは、あんたが俺にセクハラ・パワハラをしたのが原因だろうと言いたいのはやまやまだが、所沢の手前それも憚《はばか》られた。

なぜなら、木暮がそんなことを言い出せば、困るのは開き直っている比村ではない。内情を知ることになる所沢のほうだ。

上司と部下の痴情のもつれなんて、普通はかかわりたくないだろうと思うから、木暮は退職理由に関しては沈黙を貫いたのだ。

「すみません、部長。少し言葉を謹んでいただけますか。どんなにお世話になった方でも、これから勤める会社を悪く言われたくはありません。それに、誤解されているといけないので申し上げておきますか、愛愛玩具は国から認可を受けた医療機器メーカーです。取り扱い商品の中には、薬事法上の許認可を得ている避妊具などもありますし、部長が想像や愛用されているであろう粗悪品販売のメーカーとは一緒にしないでください。少なくとも、比村樹脂が最高の技術を持って加工製造した原材料を使用して商品開発を行っている会社なのですから」

とはいえ、せめてもの反撃として、木暮は昨夜のうちに詰め込んだデータを元に、正論を突きつけた。

「なんだと！」

「あ、失礼しました。取引先の一つですから、営業部長ならそれぐらいはご存じでしたよね。では、これで」

比村相手に暴言としか思えない啖呵《たんか》を切った木暮に、所沢は唖然としていた。

見ているだけで止めに入ることもしなければ、声をかけてくる様子もないだけに、感じるものはあったかもしれない。

木暮が突然辞めると言い出した原因が、いったいどこに、誰にあったのかを――。

「だから待てと言ってるだろう、木暮！　まさか、あいつと寝たのか？　昨日の今日で退職・転職って、そういうことか」

「は？」

それにしたって比村の厚顔無恥さは、木暮の想像を遥かに超えていた。

「そうでなければ、行き当たりばったりで、ヘッドハントなんてありえない。だったら一晩一緒にいたら気に入られた。身体の相性がよかったから、これなら仕事にも役立つだろうと引っ張られたっていうほうが、よっぽど納得がいく」

元とはいえ、職場のエントランスで、いったい何を言われているのだろう?

自分は、そして天宮は、いったいどんな疑いをかけられているのだろうと思うと、さすがに木暮も頭に血が上った。

「それに、客観的に見ても天宮はいい男だ。それなりの肩書や財もあるし、独身だ。どんなに俺を袖《そで》にしたお前でも、あいつにならその気になるだろうし、簡単に足も開けたんだろう」

こんなの名誉棄損もいいところだ。

「侮辱するのも大概にしてください!」

木暮がTPOも顧みず、腹の底から怒声を絞り出したのは初めてだった。

「ご自分と天宮社長を一緒にしないでください。あの方は部長のような恥知らずではありません。とても紳士で誠実で、行きずりで知り合っただけの人間に対しても気遣い、労《いたわ》ることができる素晴らしい方です。尊敬できます」

「尊敬だ? お前、本気で言ってるのか。あいつはエロ会社の社長…」

「もう、何もおっしゃらないでください。俺も何も言いたくありません。二度と顔も見たくない。失礼します」

完全に話を公私混同している比村に対して、わずかに残っていただろう情が消えていく。

「待て! 誰に向かってそんな口を利いてるんだ。俺を本気で怒らせて、転職先を潰《つぶ》したいのか。今後は何も卸さないぞ。商品など作れなくなるぞ」

「やめてください。そんなことをして困るのは部長じゃない。比村樹脂ですよ」

「なんだと」

事の善《よ》しあしはどうあれ、好意を持ってくれた相手に対して、木暮は軽蔑《けいべつ》したくなかった。

たとえ一年足らずの間とはいえ、上司であり、また目をかけてくれたのは事実だ。

一昨日の夜以上に最悪な展開も望んでいない。それもあるから、辞職も一身上の都合とした。

それなのに――――。

「言うまでもなく、比村樹脂から長年加工ずみの樹脂を卸しているのは、表立った玩具メーカーのほうです。国内屈指の老舗である、ラブラブトーイも認める品質と安全性が、比村樹脂の製品の確かさを世間に保証してくれている部分だって大きいはずです。それなのに、事あるごとに無理難題ばかりふっかけていたら、向こうだって怒ります。このままだと他社に乗り換えられてしまいますよ」

この調子で昨日は天宮自身が侮辱を受けたのかと思うと、わずかに残っていた情さえ怒りで粉砕した。

「相手だって、何度も不当な値上がりを繰り返されたら、多少は高くても価格設定が安定している会社を探すかもしれない。それに、他社に比村樹脂ほどの加工技術がなくても、ラブラブトーイそのものには技術がある、技術者がいる。仮に、もし今からでもそこに予算を投じられたら、もう面倒だから一から全部自社でやるかと居直られたら、せっかくのお得意様をみすみす逃すことになるんです。比村にとっては大打撃です。そんなの部長なら言わなくてもわかるでしょう？

実際加工樹脂の売上の何割がラブラブトーイだか、ご存じないとは言わせませんよ」

こんな男が、将来自分が心血を注いできた会社のトップになるのかと思えば、怒りが増すばかりで歯止めも利かなくなった。

「…っ」

「とにかく、俺はもう部長の意には添えません。個人的にも部下としても無理です。尊敬できません」

さすがに黙った比村に絶縁を言い放つと、怒りは抜けたが嫌悪感が残った。

それも相手に対してではない、自己嫌悪だ。

目上の者に失礼な発言をしている自覚はある。こればかりはどうにもならない。

「本当にお世話になりました。今後も仕事でお会いする機会はあるかと思いますが、俺なりに精いっぱい頑張りますので、どうか温かい目で見ていただけたら幸いです。では、これで」

木暮は、改めて頭を下げると、その後は振り返ることなく会社を出た。

「勝手にしろ！　どうせすぐに後悔することになる。絶対にな！」

今の様子を見れば、所沢も今後の比村の言動には警戒するだろう。

どんな事情があるにせよ、公私混同だけはしないよう、また会社の利益に悪影響が出るようなことだけはしないよう注意を促すだろう。

所沢だって、長年勤めてきた自社が可愛いはずだ。次期社長に馬鹿な理由で馬鹿な結果だけは出してほしくないはずだ。

『言った。いや、言いすぎた。けど、部長はただの営業部長じゃない。いずれは比村樹脂の社長になる人だ。いっときの感情に任せて職権乱用なんてしたら、あとで取り返しのつかないことになる。会社にとっても、部長自身にとっても、マイナスになるだけだ』

木暮は会社でまとめてきた私物が入った手提げを自宅に持ち帰ると、気持ちを静めるように、それらを片づけ始めた。

『ま、俺ごときが何を言ったところで、聞きやしないだろうけど。でも、取引先には誠実な対応をしてもらわないと、仲間たちの努力が無駄になる。それに、いくら比村樹脂の資本のほうが大きいとは言っても、社歴や知名度からしたらラブラブトーイのほうが断然上だ。世間に対する発言力や影響力の差を考えるなら、絶対に敵に回しちゃいけない会社のはずだ』

特別量があったわけでもない荷物だけに、すぐに片づき手持ち無沙汰《ぶさた》になる。

無駄に部屋の中をウロウロとし始めた。

『とはいえ、部長や前職場のことを気にかけてる場合じゃないか』

平日の、それも週末の日中に自宅にいることが、どうも後ろめたくて落ち着かなかった。

先週の今頃は、得意先回りで都内を駆けずり回っていた。

それが当たり前であり、充実した時間であっただけに、こうして自宅でぼんやりすることが、贅沢《ぜいたく》な時間だとは思えない。

それならばと、愛愛玩具のパンフレットに手をのばす。

『商品名や機能の詳細を覚えるだけで挫折しそうだ。原材料表示だけなら、見ただけで頭に入るけど――使用目的や効能に関しては、まったく自信がない』

少しは見慣れてきたのか、直視できるようになってきた。

昨日は恥ずかしさで、説明書きさえ読めなかったが、今は違う。

医学的なヒストリカルや、実は愛愛玩具が医療機器メーカーとして申請されていることをサイトの会社概要で確認したのもよかったのかもしれない。

いかがわしいだけのイメージは軽減している。

『それにしたって、すごいネーミングだよな。最高級医療用エラストマー樹脂使用。全身を駆け巡る絶頂感に悶絶躃地寸前《もんぜつびやくじ》⁉　あの大人気商品、聖母マリアシリーズに最新型がいよいよ登場って…。これにこんな名前をつけたら、バチカンからクレーム来ないのかな？　ツイッターで呟かれたら、世界中の信者から呪《のろ》われるんじゃないのか？』

とはいえ、木暮にはまだまだ理解不能な領域であることに変わりはなかった。

『それにこれって、自社のオリジナルなのはわかるけど、誰がデザインしたんだろう？　企画部？開発部？　まさか天宮社長⁉』

ちょっと思考が断線すると、とたんに眉間に皺が寄った。

『しかも天宮社長ってば、高校までは海外でスキップしてる。帰国後、私立の東大と言われる東《と》都大学の医学部に進んで、二十五で大学院を卒業するときには博士号まで取得して…。それで、どうして愛愛玩具設立？　ってか、そもそもここの社員の出身大学や所持資格ってすごくないか？　なんなんだ、この自己紹介代わりにって貰ったプロフィール帳に載ってる名門大学出の博士だの修士揃いは！　開発プログラマーの水城《みずしろ》さんなんか、前職ＪＡＸＡ《宇宙航空研究開発機構》って書いてあるけど、どういうこと？』

軌道を修正しようにも、首を傾げるばかりだ。

愛愛玩具という会社は、どこから見てもおかしな会社で、知れば知るほどわからなくなる。

これなら、ただエロいものを作って売っているだけのほうが、理解できそうだ。

『そりゃ、医療機器メーカーとして薬事法にのっとった許認可を受ける商品作りや販売まで手がけてるってなったら、いろんな専門家が必要だろう。でも、これだけの人材を揃えていて、どうしたら〝夜伽《よとぎ》戦隊萌えレンジャー☆　五色揃ったスケルトンタイプで新登場〟なんだよ？　ものも名前もキャッチも、わけわかんないって』

妙なところで医学的なのに、実際の販売物がこれだから、木暮は首を傾げるどころか頭を抱えることになる。こちらのほうが、むしろ悶絶躃地だ。

『同じ樹脂なのに。もとは同じ材料のはずなのに。俺が売ってきた主婦にも独身者にも人人気！レンジで簡単美味しい万能調理スチーマーとは、形も機能も違いすぎるって』

なまじ同じ素材を扱ってきた、職業的にも知識があるだけに混乱する。

『こんなことで俺、来週からちゃんと勤められるのかな？』

もちろん、どんなに不安があろうが自信がなかろうが、お腹が空けば前向きになる。

天宮だけではなく、比村にまで啖呵を切ったのだから、最善の努力をするしかない。

『とにかく、できそうなことからやっていくしかないけどさ…』

木暮は、自分で自分に言い聞かせながらも、特に予定がなかった週末の時間を、自宅学習で過ごした。

少しでも今後の取り扱い商品を理解するべく努力し、週明けからの出勤に備えた。


そうして迎えた月曜のことだった。

木暮は改めて愛愛玩具の社員たちの前で紹介されると、地下倉庫つきの三階建てのビル内には、社長以下二十人ほどの男性がいることを知った。

これが仕事の内容に対して、多いのか少ないのかはわからない。

しかし、誰もが高学歴で、官僚や大企業の管理職になっていてもおかしくない人材揃いだ。

その上十人十色とはいえ、天宮を筆頭になかなかの男前揃いで、いかがわしい販売物を連想させそうな者は一人もいない。これなら社員がネット上で顔出し販売したほうが、自然に女性客が増えるんではないかと思えるほどだ。

『売りものに可笑しなエロ名前をつけるぐらいなら、開発者Aさんタイプとか Bさんタイプとかってシンプルな名前にして、ついでに顔写真とオススメメッセージでも加えたほうが、使い手の妄想力を掻《か》き立てるんじゃないだろうか？　会社を丸ごと新宿《しんじゅく》あたりに移転して、エントランスに顔写真を並べたら、普通にクラブと間違えて女性が入ってきそうなグレードの高さだ。本当に、どうしてこんな人たちが、こんなもの…。いや…このようなものを大量生産なさっているか、俺にとっては今世紀最大のミステリーだ。営業よりマネージャーに回りたくなってきた』

つい、余計なことまで考えてしまう。

『と、嘘です。ごめんなさい』

こんなときに限って天宮と目が合うものだから、すぐに反省したが。いずれにしても摩訶不思議感が拭えない。木暮にとっては、女性のヒステリー対策具が時と共に裏街道まっしぐらな遊具になっていること以上に、理解不能な現象だ。

「じゃ、今日から本格的に頼むぞ。しばらくは月岡が面倒見てくれるから」

「はい」

それでも、ダントツに売上ナンバーワンを取れそうな天宮から声をかけられれば、最善の努力をするしかない。

『やっぱり会社が小規模なせいか、社長との距離が近いな。これなら案外、毎日会えたりして。頑張らなきゃ』

木暮は天宮の笑顔に励まされながらも、とにかく用意されたデスクに着いた。まずは月岡に課題として出された、自社製品の丸暗記から取りかかった。

個人的な使用感までは語れないが、誰に何を聞かれても名前と効能ぐらいはさらりと答えられるようにしておこう。その心意気だけで、誰が見たって可笑しなキャッチフレーズごと覚えていく。

そうして数時間が経った頃だった。

「はい。はい。それは申し訳ありません。すぐに伺いますので、はい！　それでは失礼します」

一本の電話が月岡の顔色を変えた。

「どうかしたんですか？」

「販売店からクレームだよ。お客が、まだ何もしてないのにバイブのボディーに亀裂《きれつ》が入って使えないから交換しろって持ち込んだらしいんだが、替えの在庫がないから持ってきてくれって」

月岡は木暮に説明しながら、出かける仕度をし始める。

「ボディーって、樹脂部分に亀裂ですか？　操作グリップとかじゃなく、本体に？」

「そ。まぁ、そうはいっても何かしらやらかした結果だとは思うけどな。あ、後学のためだ。対応の仕方を見せるから一緒に来い」

「はい」

木暮もこれに同行することになった。

『ようは、これから行く販売店みたいなところが、メインの営業先になるってことかな？　でも、だとしたら新規開拓ってどうやってするんだろう？　お店って、目につくところにあるのかな？

そもそも看板にはなんて書いてあるんだろう？』

あれこれ考えるも、答えは経験から導き出すしかない。

木暮は月岡に同行すると、営業車で新宿歌舞伎町《かぶきちょう》へ向かった。

『思いっきり裏街道だ。でも、看板はド・ストレートだな』

そして、人目を避けるような立地にこっそりと造られているわりに、堂々と〝大人のおもちゃ屋さん〟と書かれた看板を見つけると、これもまた不思議なバランスだと思った。

一本道を変えれば、ファッションヘルスや怪しげな店が連なっている。何もここに来てこっそりしなくても――と、ちょっと思ったのだ。

すでに、社内の空気に感化され始めているかもしれない。

『ここが大人への入り口か』

とはいえ、本当にアダルトグッズしか売ってないような店に入るのは初めてのことで、木暮はドキドキしつつも成人男子らしい好奇心に駆られた。

「ったく！　いざってときに使いものにならないんじゃ、意味ねぇだろう。どうしてくれんだよ。撮影は中断になるし、女優はしらけて怒り出すし、日程が大狂いだ」

中に入ると、大憤慨していた客が、待ってましたとばかりにまくし立ててきた。

かなり柄が悪いように見えるが、ヤクザの類《たぐい》ではないようだ。AVを専門に作っている業者のらしい。

「申し訳ありません。交換用の新しいものをお持ちしましたので」

月岡は慣れた口調で、対応し始めた。

「なんかサービスはないのかよ。こっちはお得意様だぞ」

「はい。ところで、お客様。こちらの商品、すでに開封されているようですか」

破損していたという品物を見ながら、持参したバッグから新しいものを出す。

「当たり前だろう。撮影用に前もって準備してたんだから。けど、一度も使ってないのに、こうなってたんだよ。なんだよ、こっちで壊したって疑ってるのかよ！」

「いえ、そういうわけでは」

と、二人の話を聞くうちに、木暮はハッとして声をかけた。

「あの、お客様」

「こっちは何もしてねぇって言ってるだろう」

「いえ、そうではなくて。一つお伺いしたいのですが、ご使用のご準備はいつ頃からされましたか？　もしかして撮影の予定がずれたか何かで、すぐに使わずにどこかへしまっておかれたとかってことはありませんでしたか？」

いきなり怒鳴られるも、笑顔で返す。

「は？」

「実はこちらの商品、エラストマー製なのですが、フュートロテック製の製品と一緒に保管されると劣化が進み、亀裂が入りやすくなる性質があるんです。丁度こんな感じに、使えない状態になることもあるので、もしかしたらと思って」

木暮は破損していた実物を手にして説明を始めた。

「ふゅっ、フュートロ…テック？」

「えーっとですね。我が社では取り扱ってない素材なんですが、こちらと同型のタイプで比較的安価なものに多いはずです。あ、このメーカーさんのがそうですね。こちらの原材料に石油系ラテックスと書いてありますが、これがフュートロテックのことなんです」

いったん仕事スイッチが入れば、恥ずかしいも何もないらしい。

あたりを見回し、他社の売りものにまで手をのばすと、木暮は箱に書かれた表示を見せながら、客に素材の違いを説明し続ける。

「これはエラストマーの他にも医療用ゴムやゲルトーマとの相性が悪くて。なので、御品としては似たり寄ったりなのですが、一緒にしておくと傷みが早くなるってことです」

「へー。あ、そう言われたら、確かに撮影内容が変わって、いったん片づけたわ。それも面倒だから何種類か一緒に袋詰めして――。けど、だからって保証なしなのか？　交換できませんとかいうのかよ」

丁寧な説明を受けると、客は自分の扱いにも問題があったことをまず認めた。

その上で、「でも、納得がいかない」と凄《すご》むが、木暮の笑顔は崩れなかった。鉄壁なまでの営業用スマイルだ。

「いいえ。そんな失礼なことはいたしません。そもそもパッケージに注意書きがないのは、当社側の落ち度です。心からお詫び申し上げます。ただ、保管状況によっては、こういうことも起こりますので、今後は原材料を確認の上、分けて保存していただければ、少しでも長くご愛用していただけると思ったもので」

「そう。長くご愛用…ね」

あまりに爽《さわ》やかな笑顔で返され続けたためか、とうとう客のほうが失笑した。

「あと、こちらにコンドームを装着する場合も、水溶性ゼリーを使用したものでお願いします。それから、どの素材のものでも共通して言えることですが、乾燥剤や防虫剤と一緒に保管するのは避けてください。特に医療用のゴム製品に関しては、使用後に水気がなくなったのを確認してから、ビニールなどでカバーをかけて保管が一番です。確実に長持ちしますので」

「了解。親切にどうも」

「どういたしまして」

その後も畳みかけるように保管の説明をすると、最後は客の顔つきが完全に変わる。

「ってかさ、兄ちゃん。あんた、こんな仕事してないで、うちで男優やらねぇ？　あんた絶対に売れるよ。そのままでも、眼鏡外してもいけそうだし。一本百万――いや二百万出すけど、どう？　なんなら俺が相手しちゃうし」

満面の笑顔でスカウトしてきた。

「俺のマグナムは、あんたんところの売りものよりもグレイトだぜ」

外はまだ明るいというのに、これからはこんな会話が日常になるのだろうか。一般的には下ネタというのだろうが、〝下〟が基本で商売を展開しているのなら、これはただの〝ネタ〟だ。

「それは…、お気持ちだけ受け取っておきます。では、今後はくれぐれも保管方法に気をつけてご利用くださいね」

木暮は仕事モードの説明が終わると、途端に羞恥心に駆られたのか、頬を染めながら丁重に断った。

比村には襲われ、客にはAVに誘われ、なんだか近頃散々だ。いったい世の中どうなっているんだと感じながらも、この場は誰もが笑顔で話を終えたのでよしとした。

月岡と共に店を出ると、ホッと胸を撫《な》で下ろす。

しかし────。

「あっははははは！　はははははっ。すごいよ、木暮。さすがは社長が直々にスカウトしてきただけのことはある。あんなクレーマー返し、初めて見たよ。しかも一本二百万でスカウトって、素人撮りのＡＶとしたら破格だよ！　もう、おっかしいのなんのって。今年一番のヒット！」

我慢も限界に達したのだろう月岡が爆笑したのは、営業車に戻ってからだった。

店内でこれをしなかったのがプロ根性なのか、実は唖然としていただけなのかは謎だが、いずれにしても笑いのツボにはまったらしい。何も泣きながら笑わなくてもと、木暮は恥ずかしいよりムッとした。

「月岡さん。笑ってる場合じゃないですよ。そもそもはパッケージにちゃんと書いておかないから、こんなことになるんです。それにあのお客様はクレーマーでもなんでもないです。これは完全に発売元の記載ミスですよ」

「そ…、そっか。けど、そんな注意書き他社でもしてないぞ。せいぜい使用後の洗浄方法程度で、素材別で保管のことまではな」

「他社は他社で自社は自社です。だいたいこの手の玩具の製造元は、ほとんど薬事法上、無許可・無認可の会社じゃないですか。他社との差別化を強調する意味でも、もっと医療機器メーカーが製造したものだっていう安全性を主張しなかったら、もったいないですよ。精力剤やウーロン茶だって特保がついているのといないのでは、印象も価値も違うでしょう？」

ついつい先輩が相手だというのに、まくし立てる。

「うーん。言わんとすることはわかるが、大人のおもちゃにはどうかな？　直接的な売りには繋がらない気がするぞ。色気も萌えもない。だいたい木暮はそれで股間に来るのか？　安全第一ってキャッチで、勃起するほどの何かを妄想できるのか？」

すると、運転席にいた月岡は、スーツのポケットから煙草《たばこ》とライターを出しながら、逆に木暮に聞いてきた。

「へ⁉」

特に気を悪くした印象はなく、単純に「視点を変えて考えてみろ」と促してきたのだ。

「いやさ、うちには設立当初、ちゃんと薬事法にのっとって許認可を取ったバイブがあるにはあるんだよ。ただ、頑張って許認可を取ったわりに、これのおかげで一般売りができなくなって、国内では即日販売停止決定になったんだ。なにせ、医療用って肩書がつくと使用・販売できるのが病院か薬局か、とにかく資格を持った人間がいるところに限定される。ってことは、たとえば医療用として出荷したとして、病院で〝今日はストレス障害の治療にバイブでも使ってみましょうか。じゃ、診察台へ〟ってなったら、シチュエーション的にはAVだ。これはこれで萌えるが、実際あっちゃいけない気がする内容だろう？」

言われてみれば確かにそうだった。

「しかも、帰りがけに薬局で自宅治療用のバイブを処方された上に、保険適応されたとする。お前、それを医療明細と一緒に受け取れる自信があるか？　薬剤師に寝る前何回とか、使用方法を説明されて、わかりましたって相槌打てるか？　俺なら座薬の説明でも目を逸《そ》らすぞ」

ごもっともで、としか言いようもない展開だ。

これには木暮も黙った。

どんなに電動バイブを発明した者が医者であり、また治療目的が発端であったとしても、これが用途を変えて進化することになったのは、本来の目的のままではニーズがなかったのだろう。

もしくは、遊具としての支持率のほうが圧倒的だったからこそ、今に至るのだ。

これこそ歴史が証明していることだ。

「ちなみに、ここだけの話だが。日本国内でバイブを正式な性具として医療用具番号を取ったことがあるのは、我が社ぐらいだと思う。真面目っちゃ真面目だが、申請された役人のほうがびっくりしたと同時に大爆笑したらしくて。おかげで新規参入当時、伝説を作った男と言われて、天宮社長はこの業界内じゃけっこう有名だ。人間、〝知らない〟ってすごいことだけどな。なんにしたってバイブって、いろんな意味で扱いが難しいんだよ。説明し始めたらきりがないぐらい」

月岡は、紫煙を窓の外に吐き出しながら、こんなところにもある〝暗黙の了解〟の一つを、木暮に教えてくれた。

「でもまあ、実際身体にフィットさせるものだけに、安全性が大事なのは確かだ。うちも作る段階でそうとう気を遣ってるから、それでいいかと思ってたけど。買い手にそこをちゃんと理解させるのも、新たな販売戦略の一つかもしれない。特に素人の女性客相手ならなおのこと」

その上で、木暮の〝知らない〟を否定することなく、自分なりに受け入れてくれた。

『月岡さん…』

木暮は、吸い終えた煙草を灰皿で揉み消しながら、チラリと自分を見て笑った月岡に、感動を覚えていた。無性に喜びが込み上げてきて、彼に何かの形でこの気持ちを伝えたい、表現したいと思った。

「そうだ、木暮。手始めにバイブで安全を売りにした場合の営業トークを考えてみろよ。ネット販売前提で使えそうなやつ。もちろん補足説明的な扱いになるけどな」

「え？」

もちろん、それらを一番理想的な形で示すのは、仕事で結果を出すことだ。

彼からの教えや気遣いを無駄にしないためにも、少しでも売上に繋げることだ。

「今や何を売るにしたって、ネットでの集客は不可欠だ。特に、興味はあっても購入できないっていう女性たちが一つでも手に取ってくれるようになれば、確実に売上に繋がる。なんか、お前の視点って、この仕事に慣れてない分新鮮でいいかもしれない。今しか出てこない発想とかありそうだしさ」

そんな新たなやる気に満ち始めた今、木暮は一つの課題を与えられた。

「――――…、はい。わかりました。考えてみます」

しばらくはこれに没頭することになった。

3

どんなに扱う素材が一緒であっても、前職とは商品化されたものに違いがありすぎた。

実際、入ったばかりの木暮にできることなど、たかが知れていた。

それは木暮自身が一番わかっており、下手をすれば焦りに繋がるところだ。

しかし、月岡はそれを逆手に取って、木暮に〝今しかできないこと〟を指示してきた。

これは新人にとって、ありがたいことだった。今の自分だからこそ役に立てるかもしれないという希望は、そうでなくても仕事一途《いちず》な木暮を張りきらせてくれる。

『ネット。ネット販売用のキャッチか。でも、それって一人で楽しむために通販させるってことだよな？　好奇心をくすぐりながら、安全で安心だから大丈夫だよって。しかも、本音はともかく建前としては〝買うのに抵抗のない商品〟。もしくは〝買っても恥ずかしくないもの〟っていう、一種の暗示もいる。けど、一般的な目で見た場合、どう考えても恥ずかしい品物だよな？　たぶん、家に残しておいたら、死んでも死にきれないもののナンバーワンな気がするし…』

真剣に、そして真摯にパソコンの前へと向かわせてくれる。

『って、これじゃ駄目なんだよな？　この恥ずかしさと偏見をまずは克服しないと、月岡さんたちみたいに商品片手に会議はできない』

前途多難なのは、なんら変わらなかったが――――。

『それにしたって、あれが日常ってすごすぎるよな』

営業部とは名ばかりで、実は月岡と木暮しかいない一室には、頻繁に各部署の者たちが出入りし、雑談のような会議を繰り返していた。

「それで、実際の話、今月の売上はどうだ？」

「うーん。まだまだだな。できれば顧客の新規開拓をしたいところだ。が、これぱっかりは突然需要が広がるような品じゃないし、ブーム到来も期待できない。難しいよな」

「一家に一本とかってわけにもいかないからな」

「あるところには何本でもあるだろうが、普通は家にないのが常識だもんな」

やってくるのは企画部や広報部の者たちだった。

デスク上のパソコンに売上表を出した月岡を囲んで、立ち話のような状態だ。

「いっそゴムのおまけに試供品としてつけてみるってどうだ。勝手についてくる分には、えーとかきゃーとか言いながらも、受け入れやすいんじゃないか」

「うーん。仮にそれでよさを知ったとして、次にバイブだけ購入ってするか？　結局これだけを買うとかっていう思考にまで持っていくって、そうとう難しい気がするが」

木暮は自分の仕事をしつつも、ついつい耳を傾ける。

「なら、流行の付録戦法で売るってどうだ？　いつも広告出してる山ノ手《やまのて》出版と協賛して、試しに特別創刊号を出してみるか？」

「それで全国の書店やコンビニの雑誌コーナーにバイブつきのエロ雑誌が並んだら、世間からは非難囂々《ごうごう》だな。ファッションバッグやお菓子作りのセットとはわけが違う。それこそ国際社会からも、猛攻撃を受けるぞ。世界屈指のエロ・萌え産業輸出大国日本！　とうとうバイブを一般書店で販売。しかも、子供に指をさされて〝あれ、なあに？〟と聞かれた母親の憤慨ぶりを想像しただけで、背筋が凍る」

聞こえてくるのは毎回突拍子もない会話ばかりだった。

想像すると失笑を誘われ、慌てて口元を押さえることもしばしばだ。

「あ、でもバイブは無理でも、付録にコンドームぐらいならいけるんじゃねぇ？」

「それならコンビニの棚に、普通に置かれてるって」

「じゃあ、やっぱりコンドームのおまけで仕かけていこうぜ。さすがにバイブは無理でも、コックリングぐらいならいけるだろう」

「だったらいっそ、コックリングつきのコンドーム作ったほうが早いだろう。薄さは追求できないが、代わりにお手軽グッズ体験を前面に出せる」

「いいな、それ。じゃあ、試供品作らせてみるか」

「よしよし。決まり」

彼らのすごいところは、無駄話のようで無駄がない内容・展開・結末だった。

『すごい会議だ。前職じゃ考えられないノリと勢いだけで決まっていく』

本当に機能的な会社の会議時間は短いと聞くが、まさにそれだ。ここではふらりと集まってきたかと思えば、休憩時間の立ち話より短い時間で、新たな企画や戦略が決まっていくのだ。

そして、それにＯＫ＆ＧＯを出す天宮の判断も驚くほど早い。信頼関係が強い証だ。

「なんにしたってドカンと売れてくれないと、ゼックンは金食い虫だからな」

「金だけじゃないだろう。時間も労力も心血も、いくらあっても足りないよ。我らの夢の結晶は」

木暮は、最初このフットワークとチームワークのよさが、いったいどこからくるのだろうと思った。

『ゼックン？　夢の結晶？』

だが、こうした会議の最後に必ず交わされる話題があることに気づくと、一人静かに首を傾げる。

「それでも作ろうって言うんだから、うちの社長たちは本当にすごいよ」

「諦《あきら》めないっていうか、永遠の少年っていうか。この年になって会社ぐるみで夢を追えるって、追わせてもらえるってミラクルだよな。本当、ありがたい話だ」

『会社ぐるみで夢を追う？　なんのことだろう？』

それってなんの話ですか？

そう聞けばいいだけなのだろうが、木暮は入ったばかりの自分が聞いていい話のように思えなくて、胸の内にとどめた。

仮に会社ぐるみで大きなプロジェクトでも進行しているなら、いずれは自分にも説明がされるだろう。逆を言えば、それがここで認められた証、本当の意味で社員の一人として受け入れられた証のような気がして、木暮は月岡たちが目を輝かせて語る「ゼックン」の正体を知る日のために、今は目の前の仕事に没頭した。

『それにしても…。どうしたら女性が使ってみたくなるようなキャッチっていうか、トークっていうか、説明ができるんだろう？　やっぱりこれって、実際使ってみるしかないのかな？　買いにくさとか、使いにくさとか。根本的に弊害になるものがわからなければ、それを取り除くキーワードも浮かばない。ましてや、これの何がいいのかわからなければ、快感のシェアリングも何もない。他社製品との違いにしたって、字面で見た性能の違いだけじゃ、結局上っ面なトークしかできないもんな』

与えられた課題に取り組み、結果的にこうなった。

「あの、月岡さん」

「ん？　どうした」

「他社製品のことなんですが、これらのサンプルは社内にありますか？　もしくは、取り寄せた場合に経費で落ちるのって、いくらぐらいまでですか？」

「バイブのか？」

「はい。俺、実物を見たり使ってみないとわからないっていうか、何も口上が浮かばないほうなんです。だから、とりあえず自社のものと他社の人気商品を使い比べてみたいと思って」

突然の申し出にキョトンとした月岡に対し、木暮はネット上で調べたバイブレーターの人気商品ベストスリーを候補に挙げた。

残念ながら愛愛玩具から出しているものは、ベストスリーには入っていなかった。

客観的に販売状況や口コミなどを見て調べた結果がこれだったのだが。だからこそ、木暮はどこに、何に違いがあって人気の差が出るのかも知りたいと思った。人気の差はイコール売上の差だ。これを縮める、もしくは逆転させることが、売上アップには不可欠だからだ。

「ああ。そりゃいい心構えだな。別に資料としてなら経費で落とすから、会社名義で取り寄せしてもいいぞ。さすがに一体六十万もするようなラブドールとかだと、社長に断り入れないといけないけど。今回はこれだけなんだろう？」

「はい」

「なら、申し込んじゃえよ」

月岡はすぐにＯＫをくれた。

「ありがとうございます。でも、中にはそんなに高い商品もあるんですね。それってどんな種類のものなんですか？」

「ああ、ラブドールのことか？　これはダッチワイフの進化形っていうか、全身シリコンの等身大ドール…って、え？　もしかして知らないのか、ラブドールを」

しかし、話が進むにつれて月岡は真顔で驚き、確認してきた。

「はぁ…。生憎これまでに縁がなかったもので、無知ですみません。すぐに調べてみます」

「いや、そう言われたら、そうだよな。木暮にラブドールとご縁があったら、そのほうがビックリだ。実際ご縁がない男のほうが圧倒的に多いだろうし…。うん。知らなくても不思議はなかった。ごめん、ごめん」

木暮は、〝バイブ〟で検索をかけただけでも山ほど出てくる種類や発売元などをチェックしていくだけで精いっぱいだった。他にもいろんな種類の遊具があることはわかっていたが、そこまで手が出ずに、勉強不足を反省してしまう。

「本当に、いろんな意味で、奥が深い業界なんですね」

「まぁな」

どんな物事でも、掘り下げていくと意外に深いものだが、これもそうだった。

今まで興味もなく、特に意識してこなかったジャンルの品だけに、木暮にとっては何を見ても知っても衝撃だ。

『ラブドール、ラブドールと。え、これで何するの？　いや、きっとアレするんだよな』

今日も検索をかけると、パソコン画面の前で目を凝らしながら固まった。

手っ取り早く言えば、全身シリコンの女性型マネキンに、上から下まで入り口が三ヶ所あるものだ。ポカンと口を開けている無表情なそれに、木暮も一緒にポカンとしてしまう。

しかも、このラブドールを使って出張サービスを行っている会社まで検索から出てくると、想像と妄想に拍車がかかって、更に絶句した。

『でも、一体六十万からするドールなら、二時間一万円のレンタルでお試しはありか？　考えようによっては悪くないのかも…。需要があるなら、商売として成り立つし。気になるのは衛生面かな？　まあ、そこは完全消毒ずみって書いてあるけど…』

ただ、これで自問自答を繰り返すには切ないものがあった。

『そういえば、今日はまだ天宮社長と会ってないな。やっぱり毎日会えるわけじゃないんだな。

ちょっと残念――』

木暮は溜息交じりで画面を閉じると、許可が出た人気商品三品の通販申し込みをした。

＊＊＊

数日後、生まれて初めて通販したバイブレーターが自宅に届くと、木暮はドキドキしながら荷物を受け取り、そして開けた。

月岡からは「会社名義で申し込んでもいい」と言われたが、それでは一般客の気持ちがわからない。仕事で使うという免罪符があるだけでも、実際の緊張感や羞恥心は薄れているだろうし、この上会社宛《あて》に送ってもらったら、もっと一般客の気持ちがわからなくなってしまう。

それでは意味がないと判断し、木暮はあえて実名で自宅受け取りを選択した。

領収証だけは会社名義にしてもらったが……。

「一応、誰にも中身がわからないように届くんだな。素材によって感触も弾力も違いそうだ。安っぽいものは安っぽい。ビニールっぽくて、擦《こす》れたら痛そう。こうなると、高級エラストマーの触り心地というか、弾力は群を抜くな」

それでも生まれて初めて持ち帰った自社製品を前にしたときに比べれば、かなり慣れてきていた。頬を染めながらも、パッケージを手にして見比べられる。裏書きから各種の特徴や素材の善しあしの確認もできるし、これなら本体のスイッチを入れても、ちゃんと観察できそうだ。

「あ、でも…これって基本的には女性用だよな？　ってことは、そもそも俺が取り寄せたところで使用感なんかわからないっていうか、試しようがないのに――どうしよう」

ただ、一番肝心なところで、木暮は失敗したと思った。

なので、翌日には反省すると共に、月岡へ謝罪をした。

「は？　使えないものを買っちゃったから、経費のことは忘れてほしい？　なんだよ、彼女が駄目だって言ったのかよ」

「いいえ、彼女はいないです。それなのに俺…、迂闊《うかつ》でした。申し訳ありません。あ、それでこれなんですけど、よろしければサンプルとして会社で使ってください。うちにあっても仕方がないので」

ついでに解体でもなんでもしてくださいとばかりに、取り寄せた三種類のバイブを箱ごと月岡に差し出した。

さすがに返品する勇気はなかった。自腹は痛いが、これも授業料と諦める。

だが、木暮が用件だけをすませて、そそくさと自分の席に逃げようとしたときだった。

「そうかな？　それ、別に男性一人でも使えないことはないよ。単に君が、それの幅広い使い方を知らないだけだろう」

部屋の出入り口から声がかかった。ひょっこり顔を出したのは天宮だった。

「天宮社長」

一瞬目を見開くも、すぐに『違った』と肩を落とす。

一度面識があるためか、はたまた微妙にしゃべりがソフトなためか、木暮は彼が表会社の社長・天宮興輝のほうだとすぐにわかったのだ。

『――お兄さんのほうか。そういえば、こっちの社長は海外マーケティング拡大のために飛び回ってるか、時差無視で通信交渉するために社長室でパソコンに張りついてるか、もしくは新しい精力剤の開発に頭を捻ってるか。なんにしたって忙しい人だって、月岡さんが言ってたもんな』

こうして呼んでみるとややこしい。

周りは二人の社長をどう呼び分けているのだろうか？

それとも本人を呼ぶときは一緒で、内輪だと表とか裏なのだろうか？

兄とか弟もありそうだ。

なんにしても突然の訪問に、木暮は席を立って会釈した。月岡もこれは同様だ。

「なんなら私が教えてあげるよ。入りたてだっていうのに、あいつは随分君に無茶《むちゃ》な仕事をさせてるみたいだし。少しぐらいはいい思いもしないと、仕事に嫌気がさしても困る。なあ、月岡」

「はあ、まあ」

満面の笑みを浮かべて近づいてきた興輝に、月岡は同意しつつも苦笑する。

「君はそうとう初心者っぽいから、このあたりがいいかな」

興輝は鉄壁な笑顔をキープしたまま、行き場のなくなった三本のうち、一番細身のものが入った箱を選んで手に取った。

しかも、中身を出して電池の確認までしている。

『うわっ。よい子のおもちゃ会社の社長が堂々と大人のおもちゃを手に取った。これってありなのか？　天宮社長だって、こんなことしてなかったぞ。できれば同じ顔でしてほしくないんだけどな』

あまりの衝撃からか、木暮はドン引きした。

「さ、一緒に来て」

しかし、平然かつ艶《つや》やかな笑顔で肩をポンと叩かれたものだから、次の瞬間にはキュンとした。

やはり双子、よく似ていた。これまで気にしたことがなかったが、真のイケメンは異性だけをときめかせるわけではないらしい。同性から見ても、いいものはいい。嫉妬《しっと》さえ起こらない。

気がつけば、一日一回は天宮の顔が見たいと思ってしまうのも、それだけ彼のルックスが、観賞に値するということなのかもしれない。

「はい」

木暮は、なんとなく気分が高揚してくると、いったい彼が何を手にして微笑《ほほえ》んだのか、それさえ忘れて返事をした。言われるまま彼のあとについて、部屋を出ていこうとする。

「待て、興輝！　どさくさに紛れて、木暮に何をする気だ。手を出すなら自分サイドの従業員だけにしろよ」

それを出入り口で塞《ふさ》いだのは弟社長・愛愛玩具の天宮だった。

『あ、本物だ』

昨夜から泊まり込みで作業でもしていたのか、彼はスーツのズボンにシャツ、それもノーネクタイというラフな姿で現れた。

これはこれでいい。木暮は突然同じ顔に囲まれて驚きながらも、わくわくしてきた。

彼らがいるだけで、ドラマの中にでも入り込んだ気分になれる。

「自分サイドも何もないだろう。基本は同じ会社なのに。社員が困っていたら、助けるのが社長の役目じゃないか」

「それならこっちで解決するからほっといてくれ」

社長同士、それも兄弟同士の争いなので、下手に口は挟めない。そもそもどうして天宮が怒っているのかがわからないので、木暮は口を噤んでじっとし続ける。

「それってお前が職権乱用するってことか？」

「一緒にするな。とにかく持ち場に戻れ。こんなところでウロウロしている暇があるなら、新商品の売り込みにでも勤《いそ》しんでろよ。何のためにこっちが苦労してると思ってるんだよ」

「苦労させてると思うから、ねぎらいに来たんじゃないか」

「だったらちゃんとビルの上から下まで回ってこいよ。ほら！」

「しょうがないな。あ、君。またね。いろいろあるだろうけど、頑張って」

決着がつくのは早かった。

興輝は手にしたバイブを木暮に返すと、笑顔を崩すことなくその場から立ち去った。

「はい。お気遣いありがとうございました」

木暮はなりゆきのまま返事をするも、手にはバイブを持っていた。

笑顔で興輝を見送るも、それを見た大宮が今度は木暮を睨《にら》んでくる。

「木暮。お前も何を考えてるんだ。そんなだから比村につけ込まれるんだぞ」

「っ！」

頭ごなしに怒られて、少なからずショックを受けた。

「以後、気をつけろよ」

「すみませんでした」

反射的に謝ってしまったが、何か理不尽なものを感じた。

仕事で失敗したという自覚があるなら、衝撃のあとには反省の感情が渦巻くだろう。

だが、怒るだけ怒って去った天宮の背中を見送った木暮には、疑問と怒りだけが残ったのだ。

『って、なんで俺が怒られるんだよ？　しかも、ここで比村部長の話を出すって何か違うよな』

天宮には恩があるし、人となりも尊敬している。

出会ってからの時間は短いが、これまで彼には好感しか覚えてこなかった。

しかし、この場のやりとりに関してだけは納得がいかない。

『もしかして、あれからずっと比村樹脂から難癖つけられてるのかな？　比村部長、俺には何も言ってこないけど、社長に直で何か？　それとも、単に個人的に機嫌が悪かっただけ？　仕事で寝不足？　だとしても、会社であの話は――――どうなんだよ』

木暮は手にしたバイブを握り締めると、感情が治まらないまま月岡の元へ歩み寄る。

「あの、月岡さん」

「何？」

「これの幅広い使い方がわかっていたなら、黙ってないで言ってくださいませんか。変な遠慮はしないでほしいんです」

普段、どちらかと言えばやわらかなもの言いしかしない木暮にバイブを突きつけられて、月岡は「は？」と、眉間に皺を寄せた。

「さっき、社長のお兄さんに言われて、はいって返事をしたじゃないですか。これが本来、俺自身でも使えるってわかっていたのに、知らん顔したってことでしょう。それって、こいつにはまだ無理だとか、やらせても無駄だとか思ったからじゃないですか？」

「ぷっ！　それ、マジに聞いてる？」

「ふざけてこんなこと聞けません。真剣に決まってるじゃないですか、仕事なんですから」

本気で噴き出されて、木暮の感情はますます逆撫でされる。

「――――そう。じゃあ、ここじゃなんだから、別の部屋へ行こうか」

「え？」

「いや、さすがにここじゃあ、またいつ社長が飛び込んでくるかわからないしさ」

「あ、はい」

それでも、ちゃんと教えてくれる気になったらしい月岡が席を立つと、木暮は少しだけ気が静まった。先ほどの興輝のときとまったく同じ展開になっているのだが、特に疑問は感じていない。

これに関しては天宮の介入を避けたほうがスムーズなのだろうと理解し、バイブを手に意気揚々と別室へ誘導する月岡のあとをついていく。

「それにしても、木暮って大人しそうな顔して実は大胆なんだな。こんなふうに誘われるなんて、思ってもみなかったよ」

そうして木暮が案内されたのは、仮眠用の簡易ベッドが置かれた休憩室だった。

入り口正面の奥の壁には、窓ガラス。真ん中から右側には三つほどのベッドが置かれており、それぞれカーテンで仕切られている。

左側にはミニキッチン、応接セットと冷蔵庫も置かれており、中扉の向こうは何に繋がっているのだろうか、いずれにしてもビジネスホテルより行き届いている。

よほど激務な部署があるという証のようにも見えるが、月岡は人気《ひとけ》がないことを確認すると、出入り口の扉に鍵をかけた。

「誘う？」

「だって、そうだろう。バイブの使い方がわからないなんて、そんな見え見えの嘘までついて。だったら、こんなものじゃ満足できなかったって、正直に言えばいいのにさ」

木暮はいきなり肩を抱かれて、ベッドのほうへ追いやられた。

「え？」

「でも、誘ってくれて嬉しいよ。木暮とは公私共々気が合いそうで」

月岡がベッド回りをカーテンで仕切り、振り向きざまに手にしたバイブをベッドへ放つ。

「月岡さん？」

「待ってろよ。すぐに天国へ連れていってやるからさ」

勢いよく上着を脱ぐと、ネクタイをゆるめながら、木暮の身体をベッドへ倒してのしかかってくる。さすがに木暮も〝何か違う〟と察するが、すでに遅い。

「ちょっ、待って」

「今更それはなしだろう。こんなにその気にさせといて」

月岡は、比村以上に慣れた手つきで木暮の身体をまさぐってきた。

いきなりキスをされそうになって躱すも、代わりに股間を摑まれ悲鳴も上がらない。

「やんっ！」

急所と言うだけあって、一点を摑まれただけで全身がわなないた。これで感じたものが激痛の類なら悲鳴ですむが、そうでないから始末が悪い。木暮は自分の口から漏れた喘《あえ》ぎ声に背筋が震えた。一気に頰が赤く染まった。

「ほー。それはどんな気だ」

しかも、こんなときに限って突然カーテンが開くと、現れたのは天宮だった。中扉の向こうはシャワールームにでもなっていたのか、天宮はシャツを全開にし、ズボンから出していた。

綺麗に割れた腹筋が艶《なま》めかしい。木暮の顔がますます赤く、熱っぽくなる。

「月岡。勤務時間内だっていうのに、いい度胸だな。それとも何か？　今日はもう二人揃ってタイムカードを押してきたのか？　営業は揃って半休か？　こっちは仕事で徹夜明けっていうのに、殿様営業もいいところだな」

「すみません！　ほんの出来心です。今すぐ外回りに行ってきます！」

しかし、最初に電話をかけたときは、こんなふうだったのだろうかと思わせるほど、天宮の機嫌は悪かった。

「これで先月の倍売らなかったら、わかってるだろうな」

「はい！　何が何でも売ってきます！」

月岡は木暮の身体から離れると、ネクタイと上着を摑んで一目散に逃げていく。

「あ、待って。俺も行きます」

こんなところに、しかもこんな状況で置いていかれてはたまらない。木暮も身体を起こすとベッドから飛び降りた。

「お前は残れ、木暮。今から説教だ」

しかし、天宮に腕を摑まれ止められる。

「なっ、どうして俺だけ説教なんですか？」

「どうしてだ？　お前、現行犯逮捕同然で、よく聞けるな」

「俺はただ言いつけられた仕事をするために、わからないことを聞いていただけですよ。逮捕されるようなことなんかしてません」

先ほどから天宮の機嫌が悪いのは承知の上だが、木暮はそれを自分にぶつけられることが納得できなかった。

「わからないことだ?」

「そうです。これをどうやったら俺一人でも使えるのか、教えてほしくて。使ってみないと課題に出された営業トークが浮かばないから。なのに、どうして怒られなきゃいけないんですか」

自分なりに努力はしているつもりなので、八つ当たりをされているようにしか感じない。

木暮はベッド上のバイブを摑んで「これ」と突きつける。

「本気で言ってるのか」

しかも、月岡同様天宮にまで苦笑をされて、木暮はとうとうぶち切れた。

「それ、どういう意味ですか? 月岡さんといい社長といい、どうして俺が言うことを、そうやっていちいち確認するんですか?」

「そりゃ、だって…」

「だってじゃないです。こんな恥ずかしいものを手にして冗談が言えるほど、俺はまだこの会社に馴染んでません。ふざけないでください」

怒気も露わに、手にしたバイブを握り締める。

「っ、木暮!」

「もう、いいです。この件に関しては、社長のお兄さんにお聞きします。俺の言うことを最初から何一つ疑わなかったのは、あちらの社長さんだけですから」

さすがにこれには天宮も驚いたようだが、木暮の憤慨は止まらない。

バイブ持参で興輝のもとへ行くと決めて、足早に部屋を出ようとする。

「待てって」

「触らないでください」

「っ！」

摑み直された腕を力いっぱい振りほどく。

「わかった。わかったから、そんなに怒るな。別に、俺はお前のやる気を疑ったわけじゃない。ただ、早とちりをしただけだ。すまない。このとおり謝る。ごめん」

完全に拒絶されて怒り具合を察したのか、天宮が身体を二つに折った。

その姿を目にして、木暮もそれ以上怒ることはできない。感情を持てあましたまま唇を嚙む。

「それに、そういうことならそいつの使い方は俺が教える。ちゃんと責任を持って説明するから、あっちのことは忘れろ。お前はこっちの社員だろう」

「――――」

天宮の言葉が胸に刺さった。そして、自分が言いすぎたことに反省の気持ちが起こる。

数秒前とは違う意味で、彼の前から逃げ出したい。

「ほら、とりあえず座れ」

しかし、こうなったら逃げることなどかなわない。天宮は応接セットの三人がけのソファに腰を下ろすと、木暮に「横に座れ」と、自分の右側を空けてきた。

「本当に、社長が教えてくれるんですか」

「なんだ、俺じゃ不服なのか」

「いえ――――滅相もない。お手数おかけして、すみません」

これがベッドなら遠慮するところだが、ソファならばと腰かける。

今更だが、しっかりと握り締めたバイブが木暮の羞恥心を誘った。

頬を染めた木暮を見ながら、天宮が姿勢を正す。

「じゃ、始めるぞ。今更の話だが、そもそもそれがなんの代用品か、そこは説明する必要ないよな？　見てわかるもんな」

これ以上の誤解があってはいけないと判断してか、天宮は基本から確認してきた。

「はい」

「なら、簡単な話だ。代わりに擦りつけたり突っ込むだけだ。そもそも他の用途を考えるからおかしなことになるんだ」

「けど、代わりにって言っても…。俺には、そんな相手いないし。それに、仮にいたとしても、月岡さんから女性客をターゲットにしたネット販売用の口上を作れって言われたんです。そしたら、男性目線で使っても、何か違うかなって気がするし」

真剣になればなるほど、不毛な会話だった。

「だったら自分に入れてみればいいだろう」

「入れる場所があったら、こんなこと聞いてませんよ」

これが仕事中かと思うと、情けない気持ちにもなってくる。

「聞かなくたってわかるだろう。男に入り口は二つしかない。ここところしかな！」

だが、すっかり視線を落とした木暮の顎《あご》を摑むと、天宮はその手でいきなり唇を押さえてきた。

その上右手を腰に回し、木暮の尻の下に潜り込ませて、指の先で後孔の部分を示す。ズボン越しとはいえ、的確に指されて血が頭に上った。

「く、口はともかく、こっちは出口です！」

木暮は天宮を突き放すと、慌ててソファの角まで身を引いた。

これまでにない危機感を感じて、ついお尻も庇《かば》ってしまう。

「だったら今日から出入り口と認識を改めろ」

天宮が冷たく言い放つ。

「出入り口って…、そんな。出口は出口です。百歩譲っても、治療目的以外に何かを入れるところじゃありません」

「治療目的って…。はぁっ。まあ、そう言われたら、身も蓋《ふた》もないがな」

困惑するだけの木暮相手に、とうとう天宮が溜息を漏らした。

「こりゃ、本当に早とちりというか。いや、明らかに直感違いか」

本気で頭を抱え始めた天宮に、木暮は怪訝《けげん》そうに聞いた。

「どういう意味ですか？」

「出合い頭があぁだったから、てっきり――――。いや、なんでもない」

「そこ、濁さないでください。かえって変な想像しちゃうじゃないですか」

やはり買い被りだったと後悔されている。それはわかるが、理由がわからない。

仕事意欲や責任感を見込んで声をかけてくれたんだと信じていたのに、それを今頃覆《くつがえ》されるのかと思えば、木暮は理由が知りたかった。

あんなにはっきりと自分を誘ってくれたのは天宮なのに、どうして？　と。

「なら、説明するからさっきみたいに怒るなよ」

かなり言いにくい内容なのか、天宮が釘を刺してきた。

木暮が「はい」と返事をすると、今一度溜息をついて、じっと目を合わせてくる。

「多少は男との経験が――――、アナルセックスの知識があるんだと思ったんだ。お前、酒が入るとけっこう大胆だし。実際、男にも女にも好かれるようなルックスもしている。だから、まるっきりノーマルだとは思わなかった。それも、正常位しか知らないようなお子様セックスで満足してるようなタイプだとも考えなかったんだよ」

面と向かって言われたことがすごすぎて、衝撃以外の何もない。

「お、子供様って…」

木暮は天宮が言い放った最後の言葉あたりに食いついたが、本当なら頭から聞き直したいところだった。

いったい誰がなんの経験があって、知識があると？

生まれて初めて同性に襲われた驚きさえ、この瞬間には敵《かな》わないものがある。

「違うなら否定しろ。最低でもセックスを百回以上したことがあるか？　正常位以外で何種類ぐらいの体位でやった？　女がイった瞬間が自身でわかるか？　そのメカニズムをちゃんと理解してるか？　この際ノーマルでも構わない。お前に人並みのセックス経験があるならな」

「――――」

しかし、木暮はそんな温《ぬる》い質問をぶつけなくてよかったと思った。

天宮が「最低でも」「人並み」と設けてきた基準は、これまでチャンスはあっても結局最後の一線を越えたことのない木暮にとってはエベレストのようだった。

富士山《ふじさん》さえ軽く越えた、雲を仰ぐような高さのハードルだったのだ。

「わかったか。他はともなく、うちじゃ勤める上でコレが重要だ。趣味や性癖なんか個人の自由でいいが、セックスそのものの経験があるかないかは仕事に差し障る」

木暮は頭の中が真っ白になりそうだった。

学生の頃からコツコツと努力を重ねて人並みに大学を出て、それなりの大手企業にも就職して、同期の中ではずば抜けた評価もされてきた。

だが、ここへきて駄目出しを食らった理由がこれなのだ。

しかも、話の順序をたどるならば、お前には期待していたのに裏切られたと言われたような状態だ。

勝手に人をやり手だと思って、そうじゃなかったから使えないという展開だ。

「日常会話があの調子だし。いいも悪いもわからないところで、それこそ営業トークは無理だろう。食ったこともない料理の味を想像だけで表現できるか？　たとえできても取ってつけたような言葉しか並べられないだろう。お前だって想像だけじゃ無理だったから、こんな話になってるんだろうし」

「それって、ようはクビってことですか」

こんな理由でハローワークに行ったら、何を言われるかわからない。

同性上司からのセクハラが退職理由だってどうかと思うのに、今度はセックスの経験不足が理由だ。童貞だからうちでは駄目だ、使えないだ。

どんな顔して窓口の担当者に説明しろと言うのだ、言えるわけないだろう馬鹿野郎！　と、天宮が相手でなければ、胸倉を掴んで罵倒《ばとう》したいところだ。

それができないのは、前もって「怒るなよ」と言われて、「はい」と約束してしまったからだ。

この真面目さが憎い。木暮は両手に握り拳を作った。

「いや、兄貴のところならまだしも、こっちは無理だろうってことだ。そもそもうちの連中はマニアが多いし。そうでない者にしたって、すべてを仕事として徹することができる。道具もセックスも割りきって扱える人間しか残ってないからな」

「それなら、割りきります」

だが、湧き起こるばかりで行き場のない怒りが、木暮を完全にグレさせていた。

「は？」

「この先何が起こっても、すべて仕事として割りきります。なのでコレは、自宅に持ち帰って試してきます」

今にも「ノーマルな童貞で悪かったな」と叫びそうな激昂《げっこう》を抑えて、冷ややかに語った。

「木暮？」

「そもそも俺が出された課題の顧客ターゲットは、これらの商品の未経験女性ですから、むしろ何もわかってない俺が使って実感するのが一番適任でしょう。逆に知り尽くした人たちでは、どんなに試したところで、わからないことや気づけないことだってあるでしょうし」

木暮は、再びバイブを両手で握り締めると、ソファから立ち上がって天宮を見下ろした。

「社長のおかげで、どうやって使えばいいのかはわかりましたから、あとは自宅で自習してきます。では、本日はいろいろとお手数をおかけしました。仕事に戻ります」

一応必要最低限の礼は尽くして、きちんとお辞儀をしたあと、その場から立ち去った。


久しぶりに顔を見たと思ったのに、事態は最悪なことになっていった。

「そもそも社長相手に喧嘩《けんか》腰になってどうするんだよ？」

木暮が本当の意味で冷静になったのは、怒り任せに仕事をし終えて、自宅に戻ってからだった。

「一度ならず二度までも転職のチャンスを逃すって、馬鹿だよな俺も」

あそこでムキになったのは人生最大の失態だった。

かといって、あそこで「はい。そうですか」と言ってしまったら、男の意地も何も粉砕しそうで、これはこれでいいとも思えない。たとえ悪足掻《あが》きにしかならないとわかっていても、できる限りの抵抗はしたかった。

負けるが勝ちとは思えなかったのだから、どうしようもない。それなのに、木暮はこれまでに覚えがないほどムキになった自分がいやでならなかった。

それ以上に、不思議でならなかった。

「同じおもちゃなら子供向けの玩具のほうがいいに決まってる。自分に合ってる。そんなの誰より自分がわかっているのに、どうしてこうかな――」

どう考えても、あの場は「そうですね」の一言で、興輝のほうへ転職を斡旋《あっせん》してもらうほうが正解だ。自分から興輝のほうへ願い出るなら角も立つが、天宮から話を進めてもらう分には、なんら問題はない。その上適正に合った職場に異動できるのだから、万々歳だ。

天宮にしたって、使えないと判断した社員を雇い続けるよりいいはずだ。

〝聞かなくたってわかるだろう。男に入り口は二つしかない。ここところしかな！〟

きっと、天宮だって今更何を言わせるんだと思ったに違いない。

〝だったら今日から出入り口と認識を改めろ〟

どうしてこんな当たり前かつ恥ずかしいことを言わされるんだと、怒っていたのは天宮のほうかもしれない。

「あんなにはっきり言いきったってことは、社長も試したことあるんだろうな」

木暮は持ち帰ったバイブを眺めながら、すっかりしょげ返っていた。

言われてみれば、これまでに何度か〝アナルセックス〟という字面は目にしてきた。

木暮相手に、これまでそんな話題で盛り上がる友人・知人は誰一人としていなかったが、バイブの検索をかけたときに、確かにそれらしい単語は目にした記憶はあった。

それを勝手に〝AVのタイトルか何かだろう〟と思ってスルーしたのは、バイブが女性用の玩具で挿入場所を一ヶ所と断定してかかっていたからだった。

与えられた課題が〝女性の立場になって〟というのも、思い込みの要因の一つだろう。

だが、よくよく考えれば、比村は自分を愛人にしようとして襲ってきた。

AV出演を誘ってきた客も、自分が相手をするとかマグナムがどうこうとか言っていた。

月岡もしかりだ。

ようは、男性にも女性器に代用できる部位があるから、そんな言動を向けられたのだろうが、木暮は〝何がしたいんだこいつら⁉〟とは感じても、その〝何〟というのを深くは考えなかった。

まさか自分が女性と同様に見られていたなんて――。

想像もしなかったことが、敗退の原因だ。

「今日から出入り口か…」

だが、だからといって何もしないまま「やはり無理でした」という報告もしたくなかった。

「割りきるって言ったのは俺だし。実際割りきって仕事としてやり続けてる人がいるから、天宮社長だって断言したんだろうし」

同じ報告をするなら、「やるだけやりましたが、無理でした」だ。

せめて――そう決めると、木暮はシャワーを浴びにバスルームへ移動した。

いつになく緊張しながらシャワーを浴び終えると、その後は下着をつけずにパジャマだけを着込んで寝室へ戻った。下肢がスースーする。これだけでも普段と違っていかがわしい気分だ。

「よし！　やるぞ」

自分で自分を後押ししながら、ベッドへ上がった。

持ち帰ったバイブに、コンドームを被せて、ここまでは学習ずみだった。

あとはスイッチを入れて、これを〝今日から出入り口〟と改められたあそこへ入れれば、とりあえずの任務は終了だ。

しかし、スイッチを入れると同時に尻ごみしてしまうのは、どうにもならない。

「こ、これってやっぱり最初はスイッチ切って、入れるだけのが安全？　電池が切れても使えますとかってオススメできる？　とりあえず先に正しい挿入方法を頭に入れておくのが先か？　なにせ一人で全部やらなきゃいけないわけだしな」

木暮はいざとなるとパジャマのズボンを下ろすことに躊躇いが生じて、デスクに置かれたパソコンへ逃げた。眼鏡をかけると、〝男、バイブ、一人〟と入力して検索をかけてみる。

「快感・絶頂・独り占め。H講座へようこそ。男性アナル開発編…って、世の中腐ってるっ！　なんでこんなにあっさり出てくるんだよ。もう少し苦労して探すとか、探してもないから諦めるとかって方向にならないのかよ！　この手の情報って」

これこそ無駄な抵抗だった。今時検索に引っかからないワードなどないに等しい。

しかも、犬も歩けば棒に当たるよりも簡単に到着できるのがネット社会のエロサイトだ。それにもかかわらず、今日まで〝出入り口の存在〟に気づけなかったことが不思議だ。

いや、愚かだったと、木暮は更に落ち込みが激しくなった。

「もう、やだ…。やっぱり辞表書こうかな。それともお兄さんのほうに泣きつくか？」

木暮はパソコン前で突っ伏した。

〝あっちのことは忘れろ。お前はこっちの社員だろう〟

胸に突き刺さったままの正論が痛い。

「駄目駄目、弱音を吐くな。仕事だ、仕事。仕事として徹するって、自分で言っただろう」

そもそも逃げ場があると思うから、弱気になるのだ。

失うときは全部失う。

今夜はその覚悟で挑むしかないのだと、木暮は今一度自分に言い聞かせた。

「こうなったら、自宅でお試しクッキングをするのも、こいつを自身で確認するのも大差ない。別に命を取られるわけじゃない。どっちも仕事だ。しかも社員待遇は愛愛玩具のほうがいいし…え？　何――――俺、変なところ押した？　それともトラップ⁉」

検索で引いたサイトにとりあえず飛んでみた。が、思いがけない画面が出てきて、木暮は慌てそれを閉じた。

「なんなんだよ、このドル課金表示は。どうしよう、閉じても閉じても画面が増える。出てくる。しかも、請求料金が増える。冗談っ！　見たくもないＡＶに一円だって払いたくないって！」

画面いっぱいに広がる男と男の絡み合いは、増えることがあっても消えることがない。

「――――あ。本当に出入り口化してる」

一瞬、画面のアップに目を奪われる。

しかし、いったいどこの国のサイトに飛んだのか、聞き慣れない言葉のうめき声だか喘ぎ声が響き渡って、我に返った。慌てて音を消す。

「いや、今はそれどころじゃない。とにかく消えろって」

その後は表示されている課金画面を消そうと試みるが、何度やっても消えてくれない。

そのうちクリックを連打しすぎたためか、画面そのものがフリーズしてしまい、泣きたくなってきた。

「なんの冗談だよ」

踏んだり蹴ったりなんてものではない。いっそパソコンごと壊したくなってきた。

しかも、困惑しきったところで聞こえてきたのが、おもちゃのチャチャチャャの着信音だ。

木暮はデスク上で充電中だった携帯電話を、すぐに取った。

「はいっ！　もしもし」

〝ああ、俺だ。天宮だ。今、ちょっと話に行ってもいいか。昼間のことが気になって〟

「そんなことより、助けてください社長。どうしよう、これ、どうしたらいいのかわからない。止まらないんです！」

相手の言うことなど聞いちゃいなかった。場合によっては明日からハローワークなのに、こんな領収証も切れない支払いが増えたら、それこそ生きていけない。死活問題再びだ。

そうでなくても、けっこう高かったバイブを三本も通販したばかりなのに！　と必死だ。

〝なっ⁉　ちょっと待て、五分で行ける。今すぐ止めに行ってやるから。そのまま大人しくしておけ。下手に動くなよ、最悪なことになるから〟

「はい」

だが、半泣きしていた木暮に、天宮はすぐに駆けつけてくれると言った。

五分で着くということは、すでに近くまで来ているのだろう。毎回毎回なんてタイミングのいい人なんだと、改めて感謝の念が起こる。

〝そうだ。部屋の鍵は？　業者を呼んで壊していいのか？　それとも管理人室とかに予備を預けてあるのか？〟

しかも、困惑している木暮に反して、天宮は冷静だ。

「管理人室に予備があるので、そこで貰ってください。俺、連絡しておきますので」

〝わかった。すぐに行くから待ってろよ〟

「はい」

とにかく木暮は天宮からの指示に従った。

祈るような気持ちで、そのままじっとしながら天宮を待ち続けた。

五分後――――。
「木暮、無事か！」

天宮は約束どおり現れ、血相を変えて部屋の奥まで入ってきた。

「社長っ」

木暮は、パソコン画面いっぱいに絡み合う姿を見せつける男たちを前にし、動かずにいた。

「これ、どうしたらいいんですか？　ずっと課金が増え続けて、止まらないんです」

「あ、それのことだったのか」

しかし、その様子を見るなり、なぜか天宮は失笑した。

それ以外の何を想像して天宮が慌てたのか、木暮にはわからない。

ただ、リビングの奥まで踏み込んできた天宮がパソコンの電源を強制終了させたことで、問題はすぐに解決した。その後起《た》ち上げ直したときには正常化しており、パソコンの画面を埋め尽くしていた変な画面は二度と出てくることはなかった。

「ありがとうございました。これで変なところから請求が来たりはしないんですよね？」

「大丈夫だ。こんなので慌てるのなんか、むしろネット初心者だけだぞ」

とはいえ、これのおかげで木暮は、パソコン扱いまで初心者と言われてしまった。

「重ね重ねすみません」

「とんだ自宅学習があったもんだな」

「――……」

返す言葉がなかった。そうでなくとも、啖呵を切ってから半日も経っていないのに、穴があったら入りたいとはこのことだ。天宮に合わせる顔がない。

「まあ、ネットはともかく、この手のことに関しては初心者みたいだもんな、仕方ないか。今時どんな純粋培養でここまできたのかと思うが、これまでこの手のものに遭遇してこなかったことが奇跡だ。いくらなんでもお前だって、一度や二度はアダルトサイトを見ただろう？」

ベッド上に準備万端に整えられたバイブやコンドームを見ながら苦笑する天宮が、呆《あき》れているのは確かだろう。

「本当に、何から何までご迷惑ばかりおかけしてすみません」

やはり辞めたほうがいいのだろうか、このまま続けたところで天宮たちの足を引っ張るだけだ。そんな思いが木暮の中で渦巻き始める。

「別に、迷惑だなんて思わないし考えないって。それよりどうするんだ？　もう、さすがに懲《こ》りただろうけど」

「それとこれは別です。ちゃんと試します。こんな恥ずかしい思いをして、この仕事を投げ出すなんてできません。それこそただの恥晒しじゃないですか」

たった一言、「もう辞めます」と言えば、それですむ。

ただ、それですむからこそ、木暮はせめてもうひと踏ん張りしてから言いたかった。

「お前も負けず嫌いだな。ま、そんなところも気に入ったから、会社に誘ったんだが」

「それでも学習能力はあるつもりです。今晩頑張ってみて、自分だけじゃ無理そうだったら、明日月岡さんに相談します。いえ、仕事と割りきってちゃんと協力してもらいますから」

今の自分ができることをすべてやった上で、それでも駄目なら辞表を書く。

興輝のほうへも行かない。それが木暮の出した結論だった。

「月岡だ？　お前、仕事にかこつけて迫られたのを、もう忘れたのか？　半日も経ってないぞ。それで何が学習能力だ」

しかし、木暮の決死の覚悟に対して、天宮は不満を露わにした。

「もちろん、忘れていません。けど、あれは単なる勘違いだし…。勘違いでも迫ってきた月岡さんなら、実際出入り口のことも詳しいんだろうし。仕事で割りきってお願いする分には、同じ営業の先輩として協力してくれると思うので」

天宮が怒るのも不思議はない。あまりに木暮が意地を張るので、いい加減にしろと言いたいのだろう。

「だとして、どうして目の前に俺がいるのに月岡なんだ。お願いなら俺にすればいいだろう」

だが、天宮の怒りの矛先は、木暮の想像と少し違っていた。

「そんなことできるわけないじゃないですか」

「意味がわからないな。月岡なら頼めて、俺には頼めないって」

自分も意地だが、天宮も意地を張っているようにしか聞こえなかった。

それも月岡に対しての対抗意識からだ。仕事に関係があるとも思えない、ただの男の意地だ。

「だって――。天宮社長は社長じゃないですか。どこの世界に同僚や先輩を飛び越して、社長に聞きに行く新人がいると思うんです」

「お前は新人である以前に、俺の知人だろう」

「だったら尚更ですよ。天宮社長は友人や知人にこんなこと頼めますか？　普通頼めないでしょう？　恋人だってどうかと思うのに…、こんなのをあそこに入れてくださいなんて」

どうかしている。木暮は天宮の感覚が麻痺《まひ》しているとしか思えなかった。

仕事柄と言ってしまえばそれきりだが、それにしたってムキになりすぎだ。

「だとしてもだ」

「っ！」

力強く手首を摑まれ、引き寄せられる。

天宮の手が顔に伸びてきたかと思うと、かけていた眼鏡を取られて、デスクへ投げ置かれる。

背筋にゾクリとしたものが走った。

「俺のほうが月岡より頼りにならないと言われているみたいで腹が立つ。納得がいかない」

「そんな――――ぁっ」

じりじりと距離を縮められて、抱きしめられた。

鼓動が速くなる。

先ほど目にしたばかりの絡みが脳裏に過ぎって、肉体の奥から熱が込み上げる。

「明日まで待つ必要はない。そもそも昼間だって〝俺が教えてやる〟と言っただろう」

「でも、いや…っ」

抵抗するも、すでに身体と身体が密着していた。

身体を左右に振ったところで逃げられない。木暮は完全に天宮の手の中だ。

「いやじゃない」

「っ！」

思えば、今月に入ってこんな目に遭うのは三度目だ。呪われているとしか思えない。

それなのに、不貞腐《ふてくさ》れたように発せられた甘い囁《ささや》きに、なぜか木暮はドキリとしてしまった。

「それとも何か？　いっそ、社長命令だと言ったほうが楽なら言ってやるぞ。これは仕事に必要な個人授業、新人研修だって」

「新人研修？」

「そうだ。初めから新人研修の担当が俺なんだと思えば、問題ないだろう」

「そんな、思えるはずないじゃないですか」

それはどんな言いがかりだと思うのに、木暮は比村や月岡には感じなかった動揺を覚えた。

少なくとも比村や先ほど見た画像に感じたような嫌悪を、この場ではまったく感じない。

「だったらこれも勉強だ、頭に入れておけ。ＡＶもソープも最初の仕込み担当は、大概セックスに慣れていてうまい奴だ。それが素人《しろうと》に〝これなら悪くない仕事かも〟って思わせるための鉄板だからな」

「そんなの詐欺じゃないですか」

嫌悪のない動揺は、ときめきにも似た躊躇いや戸惑いに近かった。

比村と違って天宮が独身だから？　恋人がいないから？

まさかこんな事態が三度目だからということはないだろうが、木暮にとって天宮と比村がまったく違う存在なのは明らかだ。やはり持って生まれたルックスや魅力の違いもあるのだろうか、さりげなく髪や頬に触れてくる手の感触に流され、翻弄《ほんろう》されていく。

「獲物を逃がさないための策略だよ」

「獲物って」

ずるい――――。

木暮は、天宮が自身の魅力を十分理解した上で、こんなことをしているように思えるのが腹立たしかった。

きっと彼は知り尽くしているのだ。自分がどんなふうに笑えば、他人が堕《お》ちるのか。どんなふうに視線を使えば、思いどおりに動くのか。

そして、どんなふうに触れれば他人が欲情しその気になるのか、全部わかった上でそれらを駆使して木暮を懐柔しているのだ。ずるいとしか言いようがない。

「ほら、いつまでもごねるな。こんなものはうちの社員なら、誰もが通った道だ。みんな当たり前のことだ」

「っ…、みんな？　全員？」

そんな馬鹿な、まさかと思いながらも、木暮は集団心理の罠《わな》にはめられていく。

「どこの会社にだって、入ったら必ず覚えることが一つや二つはあるだろう。それがうちでは、遊具の使い方に使われ方。ただ、それだけのことだ」

「うわっ」

パジャマのズボンに手をかけられると、今更下着をつけていなかった恥ずかしさから悲鳴が上がった。

「色気のない声を出すなって。こっちのモチベーションが下がるだろう」

木暮にしてみれば、そもそも下がるほどのモチベーションがあること自体、不思議でならない。天宮は自分にこんなことをしていて、楽しいのだろうか？

「でも、こんなところっ——いやです」

「往生際が悪いな」

これが楽しいというなら、新人研修という名のいじめだろう。もしくは、セクハラだ。それとも天宮自身がそもそもアブノーマルで、これは仕事にかこつけた趣味と実益？

必死に押さえるも、力任せにズボンを脱がされ、木暮は股間を押さえて身を縮めた。

「やっ、だっ」

「ほら、観念しろって。まさかここまできて、やっぱり月岡のほうがいいって言うのか？　これと同じことを明日、会社であいつにやられたいのか？　それとも最後まで自分で頑張るって言うなら、俺が見ていてやるからやってみろ」

臀部を丸出しにされ、躊躇う様子もなく生尻を撫でられて、その上無茶な選択を強いられる。

「ここへ用意したそいつを、自分で入れられるならな」

「——……っ。無理です」

聞かれるまでもなく、答えは一つだった。

すでに天宮からここまでされているのに、明日改めて月岡に頼むなんて恥の上塗りだ。

何が楽しくて、何人もの相手に尻を見せなければいけないのだ。

しかも、自分でやっているところを見せる？

だったら一方的にやられて、見られるほうがまだマシというものだ。

木暮には露出の趣味や性癖はない。

「だろう。だったら逆らうな。大人しくしておけ。いきなりバイブは無理だろうから、少し慣らしてやる」

木暮が不本意ながら同意すると、天宮は勝ち誇ったように笑った。憎らしいほど満足そうだ。

『ひっ！』

臀部を撫でていた利き手で後孔を探ると、固く締まったそこに指の腹を当ててくる。

「びくびくするな。傷つけるようなことはしない」

円を書くように窄《すぼ》みをいじると、いっそう身体を硬くした木暮を片腕に抱きながら「大丈夫だから」の囁きを繰り返す。

『全然大丈夫じゃないって』

いやでも木暮の意識が一点に集中した。丁寧に、丹念に探られると同時に膨れ上がる羞恥心から、木暮は紅潮しきった顔を天宮の胸元に伏せる。

『変に優しくされるぐらいなら、一撃でしてくれたほうが、どれだけいいか』

次第に固く結ばれた窄みが和《やわ》らいできた。

「ん…っ」

　指の先が中を探ってくると、木暮は全身を震わせる。

「どうだ？　口に出さなくてもいいから思ったこと、感じたことは否定せずに頭の中にメモしておけよ」

　こんなに他人の部位を身体で感じたのは初めてだった。イメージだけなら嫌悪するしかない状況なのに、中をいじる天宮の指が木暮の性感を突いてくる。

『それって、俺の本心を見抜いてる？　今感じているのが嫌悪や恥ずかしさだけじゃないって、わかってて言ってる？』

　そんなところに、こんなふうに感じる部分があったのかと気づかされて、木暮はますます全身を紅潮させると目を閉じた。

「今だけは、自分が男であること、もしくはノーマルだってことは忘れろ。好きな男に抱かれる女になりきれ。そういうイメージで、もっと身体から力を抜け」

　送り込まれる快感から逃れたくて、乱れ始めた息を呑《の》む。

「ほら、言ったとおりにしないと、いつまで経っても肝心なものが入れられないぞ」

　子供をあやすような口調とは裏腹に、天宮からの探りが激しくなっていく。

「営業トークも何もない。自分が愛着も持てない商品を勧めたところで、誰も見向きもしない。そんなことは、俺よりお前のほうが何倍もわかってることだろう」

　今にも声を上げてしまいそうで、木暮の全身が緊張し続ける。

一瞬でも気を緩めたら、もっと奥まで探られそうで、木暮は蠢《うごめ》く天宮の指を拒んだ。

いつしかその動きに同調しそうな自分が怖かった。次第に欲情を示すシンボルまで膨らんできて、木暮は今にもその膨らみに手を伸ばしそうな自分とも闘い続ける。

「だいたいここだって、こんなにきつくて固いんじゃ、いきなりこいつを入れたら裂傷するか痙《けい》攣《れん》を起こしかねないぞ。せめて二本は入るようにしてからじゃないと…」

しかし、そんな努力さえ粉砕されたのは、瞬く間だった。

「あぁ――――っん」

いったい自分は何をされたのか、シンボルに触れてもいないのに白濁がほとばしった。

快感が全身を走り抜けるような絶頂感が突然訪れ、木暮は抱き寄せる天宮の腹部に、衣類にそれを撒《ま》いてしまったのだ。

『嘘っ』

あまりの衝撃からか、両目を見開いた。

どうしていいのかわからず、縋るような目で天宮の顔を見上げてしまった。

「気にするな。ローション代わりが欲しかったから、前立腺を擦り上げただけだ。これをされたら大概の男がこうなる。医療現場で精子を採取するために使われている方法だ。ついでに言うなら、前立腺がんの心配もない。診《み》たところ正常だからな」

天宮は、これが普通の反応なのだと、優しく笑ってきた。

それも医学的に当然の結果なのだと言いきって。

『だとしても、だとしても…』

しかし、どんなに天宮が正論を唱えたところで、彼に木暮の気持ちはわからない。

いくら仕事のためとはいえ、同性に陰部を探られる屈辱。快感を寄こされ、逆らえない恥辱。

すべてを思うがままに操っている天宮には、なすがままにされている木暮が覚えた失望感は一生わからない。

『こんなの…ない。誰が健診までしてくださいって頼んだよっ』

見開かれたままの木暮の両目が自然と潤む。

「余計なことは考えるな。お前がここで考えていいのは、今のがよかったか悪かったかだけだ。もう一度ここでイってみたいか、そうでないか、ただそれだけだ」

どこまでも仕事に徹している天宮が立派すぎて、腹立たしい。木暮は思わず唇を噛んだ。

「そんな顔するな――――。こらえきれなくなるだろう」

笑顔が消えた天宮が、その顔を寄せてくる。

『っ――――…っ』

一瞬、キスをされるのかと思った。

だが、天宮は木暮の首筋に顔を埋めただけだ。

「指を二本に増やすぞ」

首筋に、熱い吐息がかかって、背筋が震えた。

「ん、んっ」

天宮が挿入していた指を抜き、二人の腹部に飛び散った白濁を掬《すく》い集めて、再び木暮の中へと指を忍ばせる。

「ぁっ――――っ」

先ほどに比べて確実に増した圧迫感から、木暮は身体をよじって逃れようとした。

「腹に力を入れるな、楽にしろ。もっと奥まで探りたい」

「んんっ、っん」

逃げようとすればするほど〝いい〟と感じる部分を責められて、木暮は次第に何も考えられなくなってきた。

「少しは慣れてきたか？　反応してる」

あえて答えなど返さなくとも、再び頭をもたげ始めたシンボルが証明している。

中で蠢く指に絡んだ肉壁が、追い出そうとせずに、引き込もうとしている。

『いっそ認めて溺《おぼ》れてしまえば楽なのか？　この人の手が、指が、気持ちいいって…』

木暮は瞼《まぶた》を閉じると、天宮にしがみつきながら、次に訪れるだろう絶頂の瞬間に構えた。

「木暮」

彼が囁くたびに、首筋に唇の熱さを感じる。

『社長…っ』

それを愛撫と錯覚しそうになり、木暮は振りきるように顔を逸《そ》らす。

「そろそろ、入れ替えてもいいか」

しかし、今でさえいっぱいいっぱいだというのに、なおも天宮は木暮を追い詰める。

「俺がきつくなってきたんだ。わかるだろう？」

この状況からいったい何をわかれというのか、天宮は木暮を抱きしめ直すと、すでに硬くなっていたシンボルを押しつけてきた。

衣類越しとはいえ、自身のシンボルに重なり、ぶつかるそれが木暮を威嚇してくる。

「駄目ですっ。絶対に駄目です」

木暮は声を荒らげ、身を捩った。

いくらなんでも、あの画像のように肉体と肉体が繋がれば、それはセックスだ。

たとえ天宮が「ついでだからバイブや指との違いも学習しておけ」と言ったところで、木暮にとっては性交だ。何を理由にしても、社長としていいことではない。絶対にできることではないだけに、木暮はぶるぶると首を振った。

「木暮」

「無理です。無理っ」

零すことなく堪え続けた涙が、とうとう頬を伝う。

どんなに逆らったところで、天宮が強行すれば二人の身体は繋がれる。

それが予測できるだけに、木暮は全身全霊で彼自身を拒絶した。

こんな理由で辞めたくない。これでは比村と大差がなくなってしまう。

「なんだ。これで限界か」

すると、天宮は中に入れたままの指をいきなり捻って、再び前立腺を擦り上げてきた。

「んんっ――――あっっっ」

有無も言わせてもらえないまま、白濁がほとばしる。木暮は再び天宮の腕の中で、そして彼の指で、意識が飛ぶかと思うような絶頂へと追いやられた。

「しょうがないから、今夜のところはこれで許してやる。まあ、スイッチオフのこいつを入れたらこんな感じだぐらいは、今のでわかっただろうからな。ただし、次は本物を味わってもらうぞ」

木暮が全身を震わせながら達したことを確認すると、天宮は痙攣するように震える肉壁を宥《なだ》めながら、挿入していた指を引き抜いた。

『本物?』

「ちゃんと電源オンでな」

その手で使いはぐれたままベッドに転がっていたバイブを取ると、それを木暮に見せて、憎らしいほどの笑みを零す。

『なんだ、そっちのことだったのか』

その瞬間、木暮はホッとしつつも残念な気持ちになった。

『いや、なんだじゃないし!　そっちが正解だし。だいたい俺は社長の何を想像して慌てたんだよ、いったい何を!』

それに気づくと、ベッドから離れていく天宮をよそに、一人でわたわたしてしまった。

「あ、悪い。トイレを貸してもらえるか。さすがに俺も不感症じゃないからな。いや、まいった

まいった」

それにもかかわらず、天宮はとどめを刺すように言ってきた。「どうぞ」としか言いようのない木暮は、天宮の背を見ることもなく、布団を手繰り寄せると潜り込む。

『何もそんな、あっけらかんと言わなくたって…』

連日、泣くに泣けないことは多いが、木暮は今ほどそれを感じたことはなかった。

『俺は、これからどうやって自宅のトイレに入ればいいんだよ』

なぜなら、勤め先の社長といきおいのままセックスしてしまうことと、誰が見たって超ド級のハンサムな社長にトイレで自慰をさせてしまうことの、いったいどちらが大罪なのか、木暮には正しい判断ができなかった。

だが、ちょっとだけ自分に素直になるならば、彼をトイレに追いやった現実のほうが、大罪な気がした。自分がやられてしまうより、よほど洒落ではすまない気がして――。

4

一難去ってまた一難とはよく言うが、一難も去っていないのに、また一難増えたときはどうしたらいいのだろうか？

あれから数日、木暮は自宅でトイレに入るたびにもやもやとした。

『こんなことなら、俺が社長のトイレになればよかった。どこのＡＶだよって気はするけど、それでもトイレに入るたびに、変な妄想が渦巻くよりはいい。よりにもよって、社長がここでしたんだよな…とか想像しちゃうぐらいなら、潔《いさぎよ》くお尻を貸して、それで経験値になっていたほうが、どれだけあとを引かずにすんだことか――』

天宮のことを思い出すたびに、全身が火照《ほて》って、動悸《どうき》や息切れが激しくなった。

『しかも次…、次ってことは、まだ研修が続くんだよな？　あんな恥ずかしい思いをしたのに、また同じこと…、今度はあれ以上のことをされるんだよな？　それなのに、どうして俺は青ざめなきゃいけないところで、赤くなってるんだよ。あんなのどう考えたってセクハラだろう？　絶対に研修じゃないだろう？　いくらここが変な会社でも、あんなことを社長が社員に…、しかも全員になんてするはずないし』

このままでは倒れるんじゃないかと鏡を覗くも、予想に反して血色がいい。

なぜか肌艶もよくて、よけいに顔が赤くなる。

『でも、そしたら俺だけ？　あれって俺だけにされたレッスン？　それとも月岡さんたちも最初は社長から手ほどきを受けたのか？　だとしたら、いやだーっ』

自分でも、どうなっているんだと自問したところ、答えが出ない。

いや、出してはいけない気がして、悶々《もんもん》とした日々を繰り返す。

『駄目だ。終わってる。結局俺は、社長との次に期待してる。俺だけが特別扱いされてるのかもしれないって、そういう浅はかな欲望まで持っている。これってなんなんだろう。覚えたての快感が欲しいだけなのか？　それとも――』

ただ、どんなに見て見ぬふりをしたところで、自分の気持ちだ。無視しきれるはずがない。

木暮は天宮に対して特別な感情を抱いていることだけは、認めるしかなかった。

それが世に言うところのなんなのか、その答えまでは突き止めることはできなかったが。

『あれ、西井さんからだ』

ぼんやりしていると携帯電話にメールが届いた。

『え？　比村部長が橘屋の担当者を怒らせた。このままだと契約がご破算になりかねなくて、課長共々泣きが入ってる⁉︎　今から二人で謝罪に行くのに、何か機嫌回復の品やネタはないか？営業部全員がコンドーム一年分を買うから、どうか教えてくれって――えええ？』

相手が相手だったことから確認したが、木暮はその内容に愕然《がくぜん》とした。

『西井さんへ。お疲れ様です。メール拝見しました。すぐに常務か専務に頼んで、謝罪に同行してもらってください。先方の担当さんは、とても常識や礼儀を重んじる方です。上司の失礼を部下が謝罪に行くのは、失礼が増すだけです。営業部内でどうにかしようとしないで、ここは会社単位で動いてください。どうか、お許しいただけるよう、俺も祈ってます。頑張ってください。――――と』

仕事中に申し訳ないとは思ったが、木暮は急いで返事を打った。

すでに退職した自分にできることなどないが、先方の担当者がこれ以上怒ることがないようにアドバイスを送る。

内容は至って当たり前のことだが、いざというときに見落としてはいけないものだ。

西井が所沢共々かなり慌てているのが伝わってくるだけに、木暮はあえて二人より比村のほうが上司だという事実を書いて送ったのだ。

『あ、返事が来た。――――了解。ありがとう。うっかりしてた。今から課長と二人で、常務に土下座しに行ってくる…か。うまく収まるといいけど。それにしたって比村部長、何をしたんだろう？　まさか土壇場になって卸価格を変えたとか、わけのわからないことしたんじゃないだろうな。はぁ…っ』

木暮の意図は通じ、西井からは感謝の返事が届いた。

これだけではホッとできないが、それでもあとは常務に任せるしか術はない。

「木暮。例の口上はできたか？」

しかし、どんなに難題が続こうが、仕事は待ってくれなかった。

木暮は月岡に声をかけられ、咄嗟に席を立つ。

「すみません。まだです。ごめんなさい」

「駄目そうなら駄目って言ってもありだぞ。他にも新規開拓とか、仕事は山ほどあるからさ」

「はい。ありがとうございます。でも、もう少し頑張ってみます。もちろん、家での宿題として。会社ではできることを優先しますので」

「わかった」

月岡はこうして融通してくれるが、木暮はそれをよしとはしていない。

『はーっ。何してるんだろう、俺は。余計なことばっかり考えて……。社長に…されたことばっかり思い出して。これじゃあ、なんのために社長とあんなことになったのかわからない。仕事のためなのに本末転倒だよ』

このままでは駄目だ。席に座り直すと、木暮は両手で顔を叩《たた》いた。

『よし！　仕事だ、仕事。もう、それしか考えるな。とりあえず、新規開拓だ。まずは小売店やネットショップを調べて、うちの商品を扱ってないところからリストアップしよう。地味なやり方だけど、ちりも積もれば山となる。ものが違っても営業の基本に違いはない。とにかく今より広い市場の確保、これに尽きるはずだ』

自身の中に残る期待を消して、せめて先日の経験を無駄にしないようにと、仕事に意識を戻していった。

どうにか気持ちを切り替え、午前中を乗りきった。

木暮はみんなの分までお弁当を買いに行ってくると、昼休みは自分のデスクでそれを食べた。

「もう少し遊び心が浸透してくれるといいんだか、やっぱり国民性として無理があるか？」

「そら、欧米諸国の感覚とは違うからな。そもそも狩猟民族と農耕民族ってだけで、セックスへの先入観や価値観も違う。統計学的に見ても、日本人がセックスにかける時間は短いし雑だ」

「性科学的にも江戸時代の日本人のほうが、よほどエロティックな営みを展開しているしな」

月岡の周りには、今日も見慣れた他部署の者たちが、ランチがてらに雑談を交わしていた。

木暮は話に参加できないまでも、同じ室内にいることで、情報だけは耳に入れることを心がけていた。

「当時はそれぐらいしか楽しみがなかったからじゃん？」

「今はセックスでなくとも、快感を得られるものが溢れてるしな」

「想像力と妄想力だけは他の追随を許さない国民性もある。なんにしたって、二次元が強いんだよな、日本のセックス産業は」

「それを言うなら萌え産業だ。バブル崩壊もリーマンショックも関係ない。こんなに右肩上がりの産業は他にないんじゃないのか？」

内容が内容だけに、四六時中エロ話をしているようにしか聞こえないが、彼らはいつも真剣だ。どんなときでも、これらを〝ただのエロ話〟として語り、また終わらせることがない。

『俺もみんなと意見交換できる日が来るんだろうか？　多少なりにもこの業界を理解して、目を輝かせて語れる日が――――』

木暮はいつしかあの輪の中に、自分も入りたいと願うようになっていた。

慣れとは恐ろしいものだが、入社して半月も経つと、会話だけなら頬を染めることなく聞けるようになっている。

「とにかく、ゼックンのためだ。頑張ろう」

「おう」

そうして今日の雑談ミーティングはゼックンで締められた。

言うまでもなく月岡たちの仕事意欲の源はゼックンだ。

『ゼックン…。ゼックンか…。やっぱり知りたいな、ゼックンのこと』

木暮はいまだにその正体を知らされていなかった。

聞けば案外簡単に教えてくれるのかもしれないし、さほど重要なことでもないかもしれない。ただ、それで濁《にご》されたら気落ちしてしまう。かといって、これまでどおり待ちの姿勢で知ろうと思ったら、いったいどれぐらいかかるのかがわからない。

せめて目途《めど》なり目標なりが欲しい。木暮は愛愛玩具の社員として、これという道しるべが欲しくて、結局訊《たず》ねることにした。

『あ、社長だ』

月岡に聞いてもよかったが、丁度廊下を通りすぎる天宮を見つけたので席を立つ。

「あの、社長。お忙しいところすみません。お聞きしたいことがあるんですが」

「どうした？　この前の続きのことか」

「いえ、そうでなくて…。実は、ずっと気になっていたんですけど、ゼックンってなんでしょうか？　よく耳にするんですけど、これって入ったばかりの俺が聞いてもいいことですか？　それともいずれ説明をされることですか？　もしくは、会社とはまったく関係ないものですか？」

勝手に社秘だと想像しているためか、木暮は心臓がドキドキしてきた。

これで「それは月岡たちの趣味ごとだろう」と言われたら、一気に脱力しそうだ。

「ああ。あれ、まだ誰も説明してなかったのか」

「はい」

しかし、天宮はゼックンというキーワードが、社内用語であることを認めた。

「なら、近いうちに俺が見せるから待っておけ。あれはちょっと準備がいるからな」

「わかりました」

思ったほどの機密でもなかったのか、意外とあっさり答えてくれた。

「じゃ。できたら声をかけるから」

「はい」

その後は何事もなかったように、足早に去る。

『いや、その近いうちっていうのが、いつになるのかが知りたかったんだけど…。でも、隠されてるものじゃないみたいだし、社長が見せてくれるって言うんだから待つしかないか』

木暮は天宮の姿がエレベーター内に消えるのを見送ると、自分も仕事に戻るために向きを変えた。

「何？　ゼックンのことが見たいの？」

「うわっ！」

いきなり目の前に立たれて、心臓が飛び出しそうになった。

天宮とのやりとりを見ていたのだろう。声をかけてきたのは開発部の水城だった。

「君、新しく営業に入ってきた木暮くんだろう。クレーマーを真顔で撃退したっていう」

「はい。あ、いえ、あのお客様はクレーマーではありませんので」

ざっくりと羽織った白衣のポケットに両手を突っ込み、小首を傾げて聞いてくる。

初めて対面する彼が、すぐに誰だかわかったのは、以前見せてもらった社員プロフィールの中でも、ひと際目を引く履歴の持ち主・元ＪＡＸＡだったから。一度見たらまず忘れないだろう、日本人離れした彫りの深い美貌《びぼう》を持つ、とても綺麗な男性だったからだ。

茶髪の長髪を一つに束ねた姿がキラキラして見える男は、そうそういない。

「なら、耽美《たんび》ＡＶにスカウトされた木暮くん。一本二百万だって？　すごいじゃん。ハメ撮りでＳＭつきでもかなりの額だよ」

「…っ」

ただし、口を開けばエロ話というのは、彼も他に違《たが》わずのようだったが――。

『今の環境がこうさせたのか、それとも元々こうだからＪＡＸＡを退く羽目になったのか、判断が難しいところだ』

なんにしても木暮は、対応に困った。うっかり「そうですね」とも返せない内容だ。

「まあ、いいや。どっちにしても君なら口も固そうだし、当分辞めることもなさそうだから見せてあげるよ。ゼックンを」

すると、水城は自分のほうから話を切り替え、木暮を誘ってきた。

「でも…、社長が見せるには準備がいると…」

「大丈夫だよ。あれの管理は俺の管轄。俺が同伴してる分には、特別な準備はいらないから。さ、ついておいで」

天宮がどういう意味で言ったのかはわからなかったが、木暮にとって水城の誘いは甘い水だ。魅惑的な笑みに惹《ひ》かれたのもあったが、それより何より気になり続けたゼックンの正体がわかるのだ。

「はい」

木暮は誘惑に勝てず、水城のあとをついていった。

このビルの中には、自分の知らない何かがある。それを知りたいと思う好奇心に、今は勝るものがなかったからだ。

「あれ？　こんなところに扉が…。この下にもまだ倉庫があったんですか？」

「すぐにわかるよ」

そうして木暮が案内されたのは、エレベーターではなく階段だった。

地上三階、地下一階の自社ビル。

しかし、地下一階には更に下へ続く階段用の扉があった。

そこから地下二階のフロアへ下りるのは至って普通だったが、明らかに他との違いが出てきたのは開発部と表示された部屋の中。その更に奥へと進む部屋につけられた分厚い扉だ。

『――――違う。何かが違う。まるで地下の隠し金庫にでも通じているような厳重さだ』

ここだけが異常なまでの厳重さだった。

他の部署とはまるで扱いが違う。大学の研究室だって、もっと気軽に出入りができるだろう。

「悪いけど社員証をここに入れてから、こっちに手を翳《かざ》して」

『バイオメトリクス認証？　それも手の甲の静脈認証だ。こんな小さな会社で？　表会社の研究室とかならわかるけど、こっちで？』

中に入るには、最先端の認証チェックも必要だった。

『社長が言った準備って、こういう意味だったのか？』

木暮が中に入るためには本人確認だけではなく、それを許可するための水城のチェックも必要だ。かなり長い暗証番号と、また自身のバイオメトリクス認証も行われている。

「さ、入って。ここが我が社の心臓部だ」

厳重なロックのかかった扉が開かれた。

『は――――なんだこれ？　映画のセット⁉　いったいここで何が作られてるんだ？　いくらなんでも、ゲームソフトや本体を作るにしては大がかりすぎるだろう。どこかの研究所並みじゃないのか？』

そこで木暮が目にしたものは、映画でしか見たことがないような複数の巨大コンピューター。

部屋の側面を埋め尽くす、何がなんだかさっぱりわからない計器や機器。

そして、部屋の中央に置かれた手術台を思わせるベッド。

天井からブルーのライトに照らされた、幻想的というよりは、ＳＦチックで怪しい何か。

『人が横たわっている？』

木暮は恐る恐るそれに近づいた。

ベッドに横たわっているのは裸体の人間のようだった。

腰の部分に薄布がかけられている――成人男性だ。

『まさかお道具開発のために、死体解剖までしてるとか言わないよな？　それこそ大学病院と内通してるとか』

基本が医療機器メーカーということもあり、そんな馬鹿なという想像までしてしまった。

しかし、木暮は死体かと思ったそれを目の当たりにすると、困惑どころか混乱した。

「え、天宮社長？　違う…。似てるけど、違う。これは…？」

横たわっていたのは、目を閉じた天宮だった。

興輝とも昊司とも言い難いが、昊司のほうに似ている気がした。

「我が社のトップシークレット。開発中の高性能ラブドールで夜の覇者《はしや》・冥王《めいおう》一号絶倫《ぜつりん》くん」

「高性能ラブドール…？　絶倫…、まさかこれがみんなの言っていたゼックンですか？」

言われてみると、それは確かに人形だった。

言葉どおり高性能にはできているだろうが、ちゃんと人形だとわかる仕様だ。皮膚も髪も限りなく人と錯覚させるが、それはおそらく照明のためだ。普通の照明の下で見れば、ば、すぐに人ではないと判断ができる。

「え、でもラブドールってことは…、ラブドールなのに、これでいいんですか？」

ただ、それにしたってゼックンは天宮に似すぎていた。

本人より幾分若く作られてはいるが、それでも天宮以外の誰にも見えない。

「いいも悪いも、最高傑作だろう。これなら男女問わず、どんな趣味の客でも買いたくなる」

水城は胸を張って言いきるが、木暮は頭に血が上った。

なにせ世に出回るラブドールの使用目的が使用目的だ。場合によっては出張サービスにまで使われて、盥回《たらい》しにされるのだ。冷静ではいられない。

「そういう問題じゃないでしょう。仮にも社長のそっくり人形が売られちゃうって。どこの誰だかわからない相手にあれこれされちゃうって…、ありえないですよ！　いくらなんでも、これはシェアしちゃいけないものでしょう！」

どんなにこれが人形とはいえ、木暮には我慢ができなかった。

そもそもこれがここで一日中水城にいじり回されているのかと思うと、それだって腹が立った。

今すぐ持って逃げたい気持ちになってくる。他の誰にも触られたくない！

「いや、こいつが完成しても売るのは基本のプログラムだけだよ。外見は買い主の好みに合わせてオーダーメイド。学習機能が作動すれば、二体と同じものはこの世に存在しないことになるから、こいつは買い主だけの唯一無二のラブドール。このボディーとマスクは、単にプロジェクトの象徴であり、社員の活気づけに作っただけだから売りものじゃないしね」

しかし、本気でまくし立てた木暮に、水城は説明しつつも笑った。

「安心した？　社長にそっくりなゼックンが、どこの誰だかわからない相手にあれこれされないとわかって。それとも俺がいじり回してても腹が立つって感じかな？　社長のことが大好きそうな木暮くんからしたら」

完全に胸中を読まれていた。

『え？　社長のことが大好きそう？』

改めて言われた一言にギクリとする。

「そうだ。せっかくだから、ゼックンと絡んでみる？　まだ他は動かないけど、肝心なところだけは動くようにしてあるんだ。それなりにいい気分にはしてくれるよ」

これはこれで食ってかかった仕返しなのかもしれないが、水城はゼックンの股間にかかっていた薄布を外すと、リアルに作られた陰部を晒した。

『うわっ、社長のが！』

それだけでも悲鳴が上がりそうなところに、水城の手がゼックンの右胸に触れ、乳首をポチッと押した。ここがスイッチらしい。電源が入る音が響くと共に、閉じられていた瞼がゆっくりと開いた。

『起きた』

作りものとわかっていても、木暮はときめいた。一瞬目を奪われた。

だが、その隙に利き手を水城に摑まれ、ゼックンの股間に導かれる。

「ほら、握ってみて。まだ未完成だけど、扱《しご》くと膨らむ機能もつけてあるんだ。振動やローリングだけでなくピストン運動も可能だから、この段階でもバイブ機能だけなら世界一の出来だと思うよ。ここだけ切り売りできないのが残念なぐらい」

強引に握らされ、強制的に扱かされた。

これまで幾度か触れてきたバイブとはまったく質が違った。

自分についているものに限りなく感触が近くて、生々しい。まるで彼自身を触っているようだ。

『大きくなってきたっっっ！』

せめて、姿形がまったく別のものであるなら、少しは落ち着いて対応もできただろう。が、木暮が陰部を起たせてしまった相手は、あまりに天宮に似ていた。本人と錯覚してしまう。

「できれば人肌に近い状態を保ちたいから、どうやったら内蔵してるシリコンを一定温度に保てるかも検討中なんだけど。君、比村樹脂にいたんだよね？　何かいい案ない？　これをもっとリアルにするために――――って、あれ？　木暮くん？　木暮くん！」

全身に回る血液が沸騰したかと思うような熱に囚《とら》われると、木暮はその場で力尽きた。

どこで意識を失ったのかはわからないが、完全にのぼせてしまい、まるで熱中症でも起こしたように倒れてしまった。

たった半月足らずの間に、自分はどこまで辱《はずかし》められればいいのだろうか？

木暮は開発室のすみに置かれたソファで意識を戻すと、その場に座り込んだまま、今日ばかりは永眠したくなってきた。

どうしてあのままずっと意識を失っていなかったのだろうと、本気で思う。

『よりにもよって、社長のあれを握り締めたまま倒れるなんて』

正確に言えば〝社長に似たゼックンのあれ〟だが、木暮にとっては天宮のもの同然だった。

こんなの本人と絡み合うより恥ずかしいし、情けない。

そうでなくても絡んだ記憶が生々しく残る状態で、今度は自分が彼のものを握ってしまったのだ。木暮の胸中は邪《よこしま》な気持ちでいっぱいだ。

現実と妄想が入り混じって、何が何やらわからなくなってくる。

「うーん。作りものを握っただけ昇天しちゃうって、初心《うぶ》すぎだね。ここでやっていくには、心もとないよ。冗談抜きで、しばらくこいつとレッスンしてみる？　ここ、つけ替え自由だから、君専用のを作ってあげるよ。少しいじり慣れたら？　なんなら入れても構わないし、大概の体位なら経験できるように作ってあるから。ね、そうしなよ」

しかも、かつてないほどの羞恥に苛《さいな》まれている木暮に、水城は言った。

「太さや長さはどれぐらいのが好み？　それともリアルサイズが希望？　希望してくれたら、社長にサイズ測らせろって言えるんだけど、この際言ってくれないかな？　どうしてもあそこだけ採寸させてもらえなかったんだよね」

木暮は頭がちぎれるかというほど、ぶんぶんと横に振って拒絶した。

もはや退職届を書く覚悟はできていた。理由も大義も必要ない。このままでは道を外す。

木暮は社会人としてより根本的に人としての道を外すと、痛感したのだ。

「あ、駄目？　やっぱりレッスンするなら本物のほうがいい？　まあ、それもそうか。本来それを忘れないために、もっとも極上な男をモデルにしてるんだから」

ただ、ここを辞めれば、もう二度とこの貴重な人形を見ることはかなわない。

それ以上に、木暮がここで勤め続けるものだと信じてゼックンを見せてくれた水城を裏切ることになる。

それはそれで人としてどうなのかと思うと、木暮の心は揺れ惑った。

「どんなに愛着を持っても、本人以上は愛せない。人形が人の上をいくことはない。そうでなければ、この仕事は危険だ。ゼックンはいろんな意味で魅力的すぎる」

本当に、ここにはありとあらゆる魔性のものがある。

危険なほどに誘われる。駄目だとわかっていながら引き込まれる。

仕事も天宮もゼックンも、木暮にとってはすべてが危険なのに快感に通じるものだ。

「それで、ゼックンはいつ完成するんですか？　発売予定は決まってるんですか？」

聞いてどうしようというのか、木暮は自分でもわからなかった。

「それは誰にも予測がつかない。なにせこいつは企画開発上〝ラブドール〟ってことにはなっているけど、本当は高性能人間型ロボットなんだ。人類にもっとも近い人工知能つきのね」

「ロボット…？」

返ってきた答えに、木暮は更に心臓を揺さぶられた。

「そう。ようはアンドロイドだ。夢があるだろう」

水城が穏やかに笑う。

それは月岡たちが何度も見せた、夢見がちな少年のような笑顔だ。

「これは先代の社長が思い描いて、現在の兄社長が制作に踏みきったものだ。ただ、いざ始動したら、とんでもなく金食い虫で、その上長期にわたっての不景気だ。あっという間に企画倒れか、会社が倒れるかって瀬戸際に追い込まれた」

水城は、ゼックンの肩を撫でながら、彼の誕生について話してくれた。

「しかも、そんなときに比村樹脂から買収の話が浮上したもんだから、一度は全社員が腹を括った。けど、何を奪われてもこいつだけは奪われたくなかった。だから、自分たちの手で解体、作りかけのプログラムも消去することも検討した。けど、そこで待ったをかけたのが弟社長、天宮昊司だ」

話の中には、これまで木暮が疑問に感じたことの答えがあった。

「社長はこいつを守り、そして老舗のメーカーであるラブラブトーイそのものを守るために、兄社長と共に買収を回避することに全力を尽くした。そして目指していたはずの医学の道を捨てて、この裏会社も起ち上げた。こいつを完成させることだけを目的にして、そのためならどんな仕事でもやれるという社員だけを表から異動させて、今に至るだ」

双子の兄弟があえて二つの会社を運営しているわけ。

医学の道に進みながらも、天宮が会社の社長になったわけ。

しかもそこには、すでに比村樹脂が関与していて――――。

『比村樹脂がラブラブトーイを買収？　初めて聞いた。でも、それが本当なら、そうとう前から因縁があったってことか』

それでも理解不能だったのが、この愛愛玩具だ。天宮が選んだ職種だ。

「あの…、なんとなく流れはわかりました。けど、だからってどうしてこの会社が、大人のおもちゃ会社になったんですか？　別の職種じゃ駄目だったんでしょうか？」

木暮は、これを逃したら一生聞くことができない気がして、水城に訊ねた。

天宮本人に聞くには、何十倍もの勇気やきっかけがいるように思えたのだ。

「これまでの知識や経験、技術をそのまま使えて、なおかつ研究開発していくことでいずれはこいつの役に立つ。しかも、この手のおもちゃはメイドインチャイナが主流で、実はメイドインジャパンは極貧だ。けど、直接身体に触れるものだけに、やはり信頼のおける製造元のものが好まれる」

ただ聞けば、さも当然という答えが返ってきた。

「メイドインジャパンはどんな分野においても最高のブランド力を発揮する。しかも社長が医学博士となれば、医療分野でもこの手のものを取り入れる欧米への売り込みにも有利だ。愛愛玩具があえて大人のおもちゃ会社になったのは、あらゆることを想定した上で、もっとも利益を産めるだろうという選択がなされたから。これで了解？」

計算し尽くされた事業計画、市場調査。天宮は気まぐれや勢い、ましてや趣味で愛愛玩具を起こしたわけじゃない。最初に作ったバイブを医療用性具として申請して失敗したと月岡が言っていたが、それもこの事業で海外進出を第一の目的にしていた証だろう。狭い国内での販売シェアではなく、初めから世界を見ていたという、なんとも天宮らしい視野の広さに大胆さだ。

それにも増して、真面目さが窺える。

「なんとなく」

木暮は、売りものそのものに目を奪われすぎて、何か大切なものを見逃してきたような気持ちになってきた。

「じゃ、利益向上のために、まずは仕事を頑張って。君の働きもこいつの完成に繋がっている。社長や俺たちの夢にも繋がっている。いずれは君自身の夢にも繋がるかもしれないから」

「はい」

毎日毎日月岡たちが必死に、そして真剣に仕事に取り組む姿を見ながら、また夢を語る声を聞きながら、自分はどれほど愛愛玩具が真面目に運営されているか理解していなかった。

真摯に経営されているか、理解していなかった気がして――。

「あ、あの」

「何？」

「また、見に来てもいいですか？　ゼックンのこと」

木暮は、今一度自分にチャンスはあるだろうか？　と考えた。

何かが起こるたびに、辞職が頭を過ぎった。

過ぎっても仕方のないことばかりが起こっている気はしないでもないが、それでも今の気持ちでもう一度。会社の成り立ちと目的、そして夢を理解した上で、ここに勤め続けられるかどうか、自分を試すチャンスはないだろうか？　と。

「いつでもどうぞ。冗談抜きに専用パーツを作ってあげるし、さっき静脈認証も記録させてもらったから、次からは一人でも出入りできるよ。俺は隣の部屋でプログラムを組んでることが大半だし、特に用がなければ声もかけなくていいから、好きなときに戯《たわむ》れていって」

「あ、ありがとうございます」

木暮にチャンスは与えられた。木暮の覚悟など知りようもない水城が与えてくれたものだが、木暮にとっては最後のチャンスだ。

「なんのなんの。こいつも喜ぶよ。本人に似て面食いなんだ。君のような人はとってもタイプだと思うから」

「――――」

まだまだ胸中に渦巻く不安や戸惑いはあるものの、それらを一度すべてリセットして、本当にこの会社でやっていけるのか？

自分という存在が利益を出して、きちんと会社に貢献できるのか？

木暮はとにかくできる限りのことをやってみて、結果にたどり着きたいと心に決めた。

『ゼックン。夢のゼックン…か。俺の頑張りが完成に繋がる。天宮社長とみんなの夢に繋がる。たとえ今からでも、一緒に夢が見られる。一緒に夢が――――』

それがどんな結果であったとしても、まずは自分が後悔しない、納得のいく結果を目指して前進したいと。

『よし！　頑張ろう』

ただ、そんな気持ちも新たに開発部をあとにすると、木暮は上の階へ向かう踊り場で天宮と出くわした。

「木暮。どうしたんだ？　こんなところに」

「天宮社長。今、水城さんからゼックンを見せていただいたんです」

「もう見たのか？」

「――――あ、ごめんなさい！　やっぱりいけませんでしたか？」

一瞬にして、今したばかりの決意が崩れそうになった。

水城は自分を信じてゼックンを見せてくれた。

しかし、言うまでもなく天宮は「待て」と言ったのだ。それにもかかわらず、木暮は数分後には彼の指示に背いたのだ。気分がいいはずがない。

『どうして俺はこうなんだろう』

天国から地獄とは、まさにこのことだった。

「いや、見せるときはせめて服を着せてからと……」

だが、今にも足元から崩れそうになった木暮に対し、天宮はとても照れくさそうにはにかんできた。「服を着せてから」と言われて、天宮が見せることを渋った意味を理解する。

「あ…。準備って、そういう意味だったんですか」

心からホッとした。

とはいえ、木暮は思った。いったい何度こんな気持ちになればいいのだろう？　と。

天宮が怒ったわけではない、彼に嫌われたわけではないとわかった途端に、木暮は不覚にも泣きそうになったのだ。こんなに嫌われるのが怖いと感じた相手は初めてだった。

「まあ、恥ずかしいカッコを見たのはお互い様だからいいか。それで、感想は？」

「素敵でした。すごいっていうか、なんていうか。まだ胸がドキドキしてます。あんなに綺麗なドールというかアンドロイドは見たことがなくて。もう、一目惚れです」

木暮は、いろんな意味で高鳴る胸を両手で押さえて、天宮には自分の動揺をごまかした。

その反面、天宮の一言一句に一喜一憂する自分に、これ以上はごまかしが利かない感情があることも実感していた。

「よく、みんなが口ぐちに〝ゼックンのために〟って言っていたのが、理屈抜きにわかった気がしました。もし彼が起き上がって自分を見たら――それを想像するだけで、なんでもできそうです。俺、ここで頑張れます」

出会ったときから天宮に覚えた、他にはない存在感。

日々強くなるばかりのそれが、特別な好意であることは明白だ。もはや認めるしかない。

あまりに似せて作られた人形を見たために、また触れたために、気づけたのかもしれない。

木暮が一番好きなのは天宮昊司であり、血の通った本人だ。ゼックンへの愛着は生まれたが、きっとそれは天宮本人への愛情からだ。天宮の夢や努力を知ったためだ。

「そうか。なら、よかったが」

そのことに気づいて納得すると、木暮は改めて天宮との間に一線を引かなければと思った。

「あの、それで新人研修の件ですか」

「なんだ。やっぱり今夜にでも続きをするか？　時間を取るぞ」

「いえ、それはゼックンとすることにしましたので」

「ゼックンとする？」

自分にとって、これは社長と一社員を超えるだろうと判断できるかかわりは、いっさい持たないことを決めた。

「はい。水城さんが、俺専用の部品を用意してくれることになったんです。いつでも好きなときに使って練習していいって。ですから、社長の手を煩わせることはなくなりましたので」

取ってつけたような言い訳だったが、今のところラブドールとしての機能だけは発揮するらしいゼックンを盾にした。

そうでもしなければ、天宮が職務意識から言ってくれる〝次〟への期待が拭えない。

仕事ではなく、ただの我欲から彼のレッスンや彼自身を求めてしまう。

だが、それはきっとこれまで以上の空《むな》しさしか生まない。

木暮にとっては、切なさや苦しさしか生まない。辛くなるだけだ。

「では、俺まだ仕事がありますので」

「ああ。頑張れよ」

「ありがとうございます」

だから木暮は、この機会に天宮を遠ざけた。

彼の持ち前の優しさや気遣いを、彼からの特別な思い、愛だと錯覚しないために――。

＊＊＊

趣味がいいのか悪いのか、はたまた手の込んだ嫌がらせか。水城は木暮用にと、即日〝ゼックンのシンボルパーツ〟を作ってくれた。

何を基準に「初心者向けにしておいた」のかは謎だが、ゼックンに装着するには躊躇いが生じるほど小ぶりなものだった。

『水城さん…。実は社長を辱めたいのかな？』

木暮は、これは絶対に装着不可だと思った。

人の股間を勝手にイメージするのは大罪だが、自分に覚えのある彼の膨らみは、明らかに自分のものより大きかった。それがわかっていて、自分以下に作られたシンボルを彼そっくりなゼックンにつけることなどできない。

木暮は水城からは好意だけを受け取って、それ以外はお断りすることにした。

勝手につけられても嫌なので、しっかり部品だけを貰ってきたが。

『でも、まあ。実際パーツを作ってもらったから、これで全部嘘にはならずにすんだ。そこは水城さんに感謝しなくちゃ。それに、これだけ持ち帰って、先っぽだけでも入れてみたら、既成事実にもなるし――』

おかげで木暮のデスクには、他社から取り寄せた人気バイブ三本とゼックンのパーツがきちんと並べて置かれていた。

入社した当時には考えられない光景だった。やはり人間は成長する葦《あし》のようだ。いまだに自分で入れるまでには至っていないが、心意気だけは十分だ。

「ところで、木暮。何かお前もいい案はないか？」

すると、いつもの雑談会議をしていた月岡たちから突然声をかけられた。

「何がですか？」

「だから、新作バイブの。なんかさ、慣れた奴らばっかりだと、マンネリな意見しか出てこないんだよ。だから、まだまだ初々しい木暮くんの意見を聞こうと思って」

彼らの言う初々しいが、果たしてどのレベルなのかはわからないが、木暮が初心者マークだということだけは浸透してしまったようだ。事実は事実だが、何か不本意だ。

「そんな…、いきなり聞かれても、俺は社長の手しか知らないし」

そのわりに、会話だけは慣らされてきたためか、ものすごいことをポロッと漏らした。

「え？　なんだって」

「いえ、なんでもないです！　手とか指とか言ってないですから！」

「手とか指？」

慌ててごまかすも、役に立たず。木暮は月岡から思いきり眉間に皺を寄せられてしまった。

『うわっ、俺の馬鹿。社長からレッスン受けたのがバレちゃうじゃないか』

しかし、こんなときでも彼らは常に仕事熱心だった。

「あ！　なるほど。案外盲点だったな。おい、手と指で検索かけてくれ」

「ＯＫ！」

『え⁉　何する気？』

月岡はハッとすると指を鳴らし、近くにいた制作部の者にパソコン検索を指示した。

どうやら木暮が発した「社長」という製品に無関係なワードはスルーされたらしい。

「月岡さん。今のところ指型のバイブならありますが、手型のものはないみたいですよ」

「そうかそうか、ならいけるな。で、木暮。お前ならどの指が好きだ？」

そうこうするうちに、室内が活気づいてきた。

「はい？」

「だから、最初はどれなら大丈夫だと思う？　人差し指か中指か？　一本か二本か？」

「えっ…それなら、人差し指で…一本ぐらいから…ですかね」

勢いに任せて、木暮もついついとんでもないことを口にする。

「だよな。徐々に増やしていくほうがおつだもんな」

『何がおつ？』

それでも木暮には、どうしてこんなに月岡たちのテンションが上がっているのかわからない。

「ふむふむ。あ、月岡さん。これって作りようによっては、男女兼用のスーパーラブハンドになりますよ。女性型と男性型を作れば、初心者からマニアまで幅広く対応できます。造形として、手首から先ってところに若干オカルトチックなものを感じますけど。でも、デッサン用の模型にもなるとか言えば、二度美味しいかもしれない」

「どうせなら右手と左手、両方欲しいな。左利きマニアっていうのもいるだろう」

「モーターはどの指に入れるのがいいんでしょうかね」

「親指と人差し指でいいんじゃないか？」

「それならケチケチしないで、全部の指に仕込んだほうが使い勝手はいいだろう。入れるだけが目的じゃない。握らせるのもあるしな」

なにがどうしたら、彼らの目はこんなにランランとするのだろうか？

木暮はただただ唖然とするばかりだ。

「そしたら、細身のバイブが五本セットって考えればいいですかね？」

「だな――――。ただし、形が手だ。動きが滑らかで繊細でなければいけない。弾力にしても肌触りにしても通常の仕様とは違うから、それなりに手間もコストもかかるだろうが…。あ、木暮。

なんか、人の弾力により近い素材ってないか？　やわらかいだけじゃ駄目だ。ある程度硬度もいるんだが…」

しかし、話に加わるも傍観気味だった木暮に向かって、再び月岡が話を聞いてきた。

「それでしたら、超軟質ウレタン造形用樹脂の普通から硬めで調整したものがいいんじゃ」

「超軟質ウレタン造形用樹脂か」

「はい。すでに人体模型やフィギュア・ドール。食品サンプルの製造や保護パッドなんかに利用されていますが。あ、確か他社さんにもウレタン素材で作ったラブドールを販売されているところがありました」

内容はさておき、話が噛み合った。

これまで無駄を承知で詰め込んできた他社のデータも、何気なく役に立っている。

「ただ、本当に人の手に近い構造で作ろうと思うなら、表面より骨組みの強度のほうが問題になる気がします。仮に指一本の細さで従来の品と同じ働きを望むとしたら、それ相応の硬度と柔軟性の両方がないと折れちゃいそうですし。関節部分なんか特に酷使されそうじゃないですか？」

木暮の中に、ここへきて初めて彼らとの仕事に一体感を覚えた。

自分がちゃんと彼らの役に立っているような喜びから、高揚感が湧き起こる。

種類は違えど、まさに快感のシェアリングだ。木暮はわくわくしてきた。

「確かにな」

「なら、指の部分を金属製のミニローターを組み合わせるような感覚で作るってどうだ？　もしくはアナルパールの変形版って感じで」

「ああ、それならある程度の強度と柔軟性があるよな。関節も自由だ」

「なんにしても目から鱗《うろこ》だよ。サンキュな、木暮。うまく商品化できたら命名権をやるから、何か考えとけよ」

「はい！」

話の展開が早すぎて、よくわかっていないところは多々あった。

だが、月岡たちが心から笑って、木暮に感謝を示したのは確かだ。こんなに嬉しいことはない。

『やったー。やったよ、ゼックン』

木暮はその場の話が一段落すると、この喜びを誰かに伝えたくなり、地下二階へ走った。

「俺、褒められたよ。しかも商品化したら名前をつけていいんだって。そんなの営業がしていいことなのかな？　初めてだからわからないけど、すごいことには変わりないよね」

もの言わぬゼックンだが、どんな話でも拒まずに聞いてくれる。それも天宮と同じ顔でだ。

「――――って、つけられるわけないじゃないか、そんな名前。どうして俺はこうなんだよ。いい加減にしろって」

木暮は、これが代償満足だとはわかっていたが、それでも嬉しかった。

人形相手に何やら危険な状態に陥っている気はしないでもないが、それでも嬉しいものは嬉しい。たとえこの瞬間だけであっても、彼を独り占めできる。

勇気を出せば手も握れることが、行き場を失くした木暮の恋心を慰《な》めてくれるのだ。

「どうしよう、ゼックン。もしかしたらハンドバイブって、こんなのが独立した形で出来上がりってことなのかな？」

とはいえ、改めてゼックンの手を握ってみると、月岡たちと交わした会話にリンクした。

人差し指や中指に触れていくと、天宮にされたことを思い出す。

『これが中に、奥に入ってきて…、あそこに触れると…』

身体の奥からうずいてくるのがわかる。こんなときに快感を知った身体は厄介だ。

『駄目だ…どうかしてる。俺、最近おかしい』

木暮は、握り返してくることのない手に手を絡ませ、身を乗り出した。

『違う。そうじゃないか。俺がおかしいのは、この手の主に触れられてから…。もしかしたら、それ以前からかもしれないけど』

瞼を閉じた人形の頬に触れると、込み上げてくるが抑えられない。

『なんか、怪しい気分になってきた。どうしてこんなに似てるんだろう』

何かに引き寄せられるように、唇に唇を合わせてしまった。

温《ぬく》もりも反応もない、これが人の形をしたロボットの唇だとわかっているのに、求めてしまう。

わずかに開いた唇の中を舌で探ってみたくなり、そっと差し入れる。

『社長…』

「そこで何をしてるんだ！」

しかし、そんな木暮の行動はすぐさま人に見つかった。

『社長！』

それも天宮本人だ。かなり激怒しながら近づいてくる。

「いえ、何も。本当によくできてるなと思って」

「嘘をつくな。来い」

木暮のところまで猛進してくると、天宮は腕を摑んでその場から引き離した。

隣の部屋から水城が何事かと飛び込んできたのを避けるように、木暮を人気《ひとけ》のない階段フロアまで引っぱっていく。

「ごめんなさい。ほんの出来心です。あまりによくできてるというか、愛着が湧いてしまって、つい！」

フロアに入った途端に突き放されて、木暮はとにかく謝った。

まともに顔が見られない。このまま殴られても文句は言えない。

でも、嫌われたくない。クビにもされたくない。

いろんな思いが渦巻きすぎて、謝る以外にどうしていいのかがわからない。

「そんなことはどうでもいい」

「――んっ！」

しかも、困惑しきった木暮を更に困惑させたのは、天宮からのキスだった。

彼は怒鳴りつけてきたかと思うと、いきなり抱き寄せて唇を合わせてきたのだ。

「ん？　んんん⁉」

慌てて身を捩るも、逃げられなかった。深く合わされた唇が木暮の身も心も拘束する。

『どうして？　どうして、こんなこと』

困惑はすぐに疑問に変わり、そして疑問は喜びに変わった。

『社長の唇…やっぱり違う』

木暮は激しさを増す口づけに流されるまま、身を委《ゆだ》ねた。

いつしか両目を閉じて、自分からも求めてしまう。舌と舌が絡み合い、呼吸を共有する。

『社長――――』

しかし、あまりの激しさから息が止まると、天宮は唇を放してきた。

「本物とどっちがいい？」

「え？」

「あいつと俺、どちらとのキスがよかったかと聞いてるんだ」

「何を言ってるんですか」

それはいったい誰に、どんな対抗意識なのだと聞きたいようなことを、天宮は腹立たしそうに確認をしてくる。

「駄目だ。我慢ができない。お前があんなふうに、毎日あいつと絡んで自主練習だかなんだかしてきたんだと思うと、頭がおかしくなりそうだ。なまじ顔が似てる分、月岡と絡まれるより腹が立つ。ぶっ壊したくなってきた」

天宮はこれまでになく憤慨していた。

「なんてこと言うんですか！　みんなの夢の結晶なのに」

思わず言い返してしまったが、本気で睨み返されて、木暮は事態を把握する。

「いえ、すみません。俺が悪いんです。そりゃそうですよね。絶世の美女が絡んでるんならまだしも、いい年の男が――。俺だって立場を変えて考えたら。本当にごめんなさい」

天宮がどんなに激怒したところで、原因をつくったのは自分だ。

たとえ怒りの矛先が自分だけではなく、ゼックンにまで行ってしまったとしても、悪いのは全部自分だ。天宮は何も悪くない。怒るのが当然だ。

木暮は身体を二つに折って謝罪した。今度ばかりは、悔いても悔いきれない失態だ。

それも欲望に任せたまま犯した、取り返しのつかないものだ。

「なんだよ、それ。立場を変えて、俺に迫られたら、ごめんなさいってどういう意味だ。お前がドールで俺から迫られたら気持ち悪いってことか？」

しかし、謝り方が悪かったのか、天宮は更に憤慨した。

「誰もそんなこと言ってません。それに、言ったのは社長のほうです。俺がゼックンと絡んでるなんて、頭がおかしくなりそうだって。腹が立つって」

「ああ、言ったさ。どうして俺がいるのにお前はあれと絡むんだ？　見た目に大した違いがないなら俺でいいだろう。それとも実はお前、ドールマニアだったのか？　生身の人間じゃ萌えないとか、そういう性癖だったのか？」

天宮の怒り方は、何かおかしかった。以前の月岡のときもこんな感じだった気がするが、怒りの矛先が木暮の想像とは違う。

「そんなわけないでしょう。それに俺は、ゼックンとは絡んでません」

「水城に自分専用のパーツを用意してもらったと言っただろう」

これでは天宮が、ゼックンに対して嫉妬しているように聞こえた。

「それはそうですけど。でもあれは、社長からの個人レッスンが恥ずかしすぎて、避けたくて、それで口から出まかせを言っただけです」

「キスをしてたじゃないか。その前には頬ずりして、手も握っていた」

木暮がレッスン相手にゼックンを選んだ。自分ではなく、自分そっくりな人形を選んだことが、そもそも気に入らないと言っているように聞こえた。

「だからそれは社長に…っ！」

「俺がなんなんだ」

「なんでもありません」

木暮はうっかり本当のことを言いかけて、目を逸らした。

こんなことになっているのに、自分は何を期待しているんだろうか？

彼は自尊心から言っているだけかもしれない。人の親切を無にしやがってと怒っているだけかもしれない。それなのに、木暮の胸には期待ばかりが起こって、静まることがない。

「なんでもなくないから、こうなってるんだろう」

「でも、社長！」

「社長はやめろ。雇用関係はいったんリセットだ。一個人として返事をしろ。お前が欲しいのはあれか俺のどっちだ。実際キスをして、触れて、抱き合って。快感を得たいのはどっちなんだ。答えろ」

こんな聞き方をされたら、誤解してしまう。

「――天宮さんの…ほうです」

もしかして、彼も自分が好きなのだろうか？　同じ気持ちでいてくれるのだろうか？　と。

「なら」

「でも！　俺は肉体的な快感だけが得たいわけじゃありません。もちろん、仕事のためとかそういうことでもなくて…、惹かれているから。いつの間にか、あなたにすごくいけない気持ちになっているから…。だから」

しかし、木暮の前には天宮が発した〝快感〟の文字が立ちはだかっていた。

単純に、俺と人形のどちらがいいんだという答えだけを求められている気もして、本当の気持ちが声にならなかった。たった一言の「好きです」が出てこなかったのだ。

「ごめんなさい。会社を辞めさせてください。こんなもやもやした気持ちでは勤められません」

そうして代わりに出てきたのが、辞職願だった。まさか木暮も、今の自分にこれより重い言葉があるとは考えていなかっただけに、下げた頭が上げられない。

「今、雇用関係は抜きだと言っただろう。それに、お前の鈍さが俺の麻痺と同じレベルだってことがよくわかった。ようは、俺のことが好きなんだろう」

「――――っ」

するとと、木暮がこんなにも苦しんでいるのに、天宮はいともあっさりその一言を口にした。

「俺もお前が好きだ。これで問題ないだろう」

「っ⁉」

そもそもあなたのそういうところが問題なんだと言いたくなるぐらい、さらっと好きだと告白してきた。

「誤解を招くといけないから、はっきり言うぞ。俺のお前が好きだは、恋人にしたい、セックスもしたい、俺と腹を括って同性恋愛をしろってことだからな。決して仲のいい社長と社員でいましょうとか、友人でとかってことじゃない。この前の続きをガチでやりたいっていう、欲望丸出しの好きだからな」

しかも、いくら誤解のないようにとはいえ、天宮からの「好き」は、大胆不敵でエロかった。

直球勝負どころか、木暮にしてみれば頭にデッドボールを食らったような衝撃だ。

脳しんとうを起こしそうだ。

「愛愛玩具を起ち上げてから、どうも愛だの恋だのセックスだのっていうものに鈍くなっていたから、最初はこんなふうにお前を好きになるとは思っていなかった。今時は一般企業のサラリーマンも大変なんだなとか、上司に恵まれないとえらい目に遭うなとか、そんな第一印象だったし。第二印象を言うなら、とんでもなく酒癖の悪い奴とかかわっちまったな…だった。こんな絵に描いたみたいな酔い方する奴がいるんだって…、驚きと感心と呆ればっかりだった」

しかも、今になってそれを言うのかと思えば、茫然《ぼうぜん》と立ち尽くすしかない。

第一印象より第二印象のほうが最悪とは、本当に最悪ということではないか⁉

それを否定できない自分が悲しい。

「けど、本気で悔しがって名刺を破いている姿を見て、お前の仕事意欲と真面目さに惹かれた。明らかに会社を間違えてOKしただろうに、ムキになってこっちで勤めるって言い続けたお前の負けず嫌いにも惹かれた」

それでも天宮は、極上の笑みを浮かべて、木暮を見つめてきた。

「本当はうちで扱ってるものなんて、何一つわかってなかっただろうに…。それを可笑しいぐらい必死に知ろうとして、社員としての務めを果たそうとして。だからって、バイブ握りながらこいつはいったい何を叫んでるんだと思ったら、いてもたってもいられなくなった。気がついたときには、手を出していた」

木暮のいいところも悪いところも知った上で、愛おしげに利き手を頬へ向けてきた。

「どんなに仕事だと割りきった上でも、月岡には触らせたくなかった。お前の開発は俺がしたいと思った。ただ、それが個人的な面子《メンツ》のためだったのか、特別な感情からだったのか、あのときはまだ判断がつかなかった。だから、お前から新人研修の続きはあれとやると言われて、最初は困惑した。そういう趣味だったのかと、頭も傾げた」

木暮が頬で感じた天宮の手には、彼にしかない温もりがあった。

「ただ、その後も俺よりドールと絡むほうがいいのかと考えるたびに、腹が立ってイラついた。

それなのに、お前は人目を忍んであいつにキスとか――こんなの普通に絡まれるより腹が立つ。だってそうだろう？」

何かを確かめるように合わせてきた唇にも、彼だけが持つ温もりがあった。

「これは、仕事とはなんの関係もない行為だ。肉体的な快感を求めた行為じゃない」

「天宮さん」

「これは、心の潤いを求める行為だ。恋人に愛を求め、また与える行為だ。違うか？」

天宮は、二度、三度と唇を合わせてくると、木暮にキスの意味を問いかけてきた。

いったいお前は何を求めて、もの言わぬ人形に思いを寄せたのだと真意を聞いてきた。

「いえ。違いません。俺はゼックンを身代わりにしました。あなたの代わりに求めました」

木暮は、俯《うつむ》きがちだった顔を上げると、両手で彼の腕を摑んだ。

このまま身を寄せていいのだろうかと不安に思いながらも、その胸に顔を埋めた。

「こんな気持ちになっちゃいけないと思っていたから。ましてやあなたには、絶対に知られてはいけないし、ぶつけてもいけないと思っていたから」

木暮は、天宮が好きだと思うと同時に、彼のすべてが欲しいと感じた。

できることなら、自分だけのものにしたい。独占したい。そんな欲望さえどこからともなく湧き起こり、彼を摑んだ手に力を込めた。

「なら、これからは本人を求めろ。たとえあれであっても、次に同じことをしたら浮気と判断する。ただじゃおかないぞ」

「はい」

天宮は、木暮の思いに応えるように、力強く抱きしめてくれた。

木暮はこれだけでもホッとしたが、それでも湧き起こる欲望は止まらない。

「行こう。場所を変える。ここじゃ何もできない」

「そんな、まだ午後の仕事が」

口では否定をしても、天宮の強引さに喜びを感じた。

「また俺をトイレに行かせたいのか。それも会社で」

「いえ――わかりました」

いい大人が、社会人が、これでいいはずがないとわかっているのに、今だけは現実から目を背けた。あとからあとから溢れ出す、愛欲と独占欲に身を任せた。

5

人目を忍ぶどころか、堂々と木暮の手を引き自社ビルを出た天宮が向かった先は、車で五分もかからないシティーホテルの一室だった。

「こんな会社の目と鼻の先にあるようなホテルに入っちゃって、大丈夫なんですか？」

「そんなことを気にしてる暇があったら、キスの一つもしてこい。あいつにしたのより、もっとちゃんとしたやつを」

いきなり男の二人連れが真っ昼間に現れて、スイートルームをキープする。

受付をしたフロントマンはどう思っただろうか？

木暮は自分にやましい気持ちがあるだけに、そんなことが気になった。

天宮のようには開き直れなかった。

「でも」

「なんならベッドに横になっておいてやろうか？　黙ってマグロみたいになっているほうが、やりやすいならそうするぞ」

ただ、これまでなら躊躇いや戸惑いにしかならなかった罪悪感が、今日は違った。

高揚や興奮を高めて、妙に淫靡《いんび》な気分にさせた。

「そんな」

「だったら早くしろ。ほら――――」

天宮は部屋に入るなり上着を脱いで、応接間のソファへ放り投げた。

ネクタイをゆるめながら、両目を閉じて、顔を突き出す。木暮にキスを要求してきた。

『意地悪だな、もう』

カーテンが開かれていた部屋の中は、春の日差しで満たされていた。

『それなのに――――バランスのいい目鼻立ち。意外に長い睫毛《まつげ》。彫りもしっかりしていて、凛々《りり》しくて艶やかで』

出会ったときに都会の夜空を見上げて「月が綺麗だ」と言った男の顔は、それ以上に綺麗で整っている。

『でも、ゼックンとは違う。どんなに似ていても、温かくて、生々しくて、全身に血が通っている。こうして唇を合わせるだけで、心臓が破裂しそうだ』

木暮は眼鏡を外すと、自分に合わせて前屈みになった天宮の顔に、恐る恐る近づきキスをした。

物言わぬ人形に触れたときは衝動だったが、今はそうじゃない。相手を、自分を意識し、口づける。

「なんだ。これで終わりか」

触れるだけで逃げた木暮に、天宮は不満そうだった。

「続きは、お願いします。あなたとのキスは…、するより、されたい」

「極上な誘い文句だな。これが天然とは恐れ入る」

しかし、すべてから逃げているわけではないと知ると、かえって機嫌をよくして抱きしめてくる。

「今日は、俺もイくからな。一人だけ先にイって音《ね》を上げるなよ」

意地悪く微笑む顔さえ、木暮にとっては欲情を煽《あお》る極上なスパイスだった。

こめかみに優しくキスをされて、目眩《めまい》がする。

木暮の手から外した眼鏡が滑り落ち、上質な絨毯《じゅうたん》の上で軽く弾んだ。

『天宮さん…』

天宮は、木暮の肩を抱き直すと、バスルームへ誘ってきた。

すっかり口を噤《つぐ》んだ木暮に何を言うでもなく、衣類に手をかけ落としていく。

『生々しすぎて、逆に夢みたいだな』

すべてを見られるのは初めてだったが、不思議と恥ずかしいとは思わなかった。

それより天宮のすべてが見たい、知りたい、そんな欲望のほうが大きかったのだろう。木暮は天宮が自分から衣類を落とすところを、食い入るように見てしまった。

一秒ごとに現れる肉体を目で追い、記憶に焼きつけていく。

『やっぱり、ゼックンとは違う。どんなに姿形がそっくりでも、天宮さん自身が放つ色香には敵わない。首も、肩も、胸も――――。全部が触れてみたいと思わせる』

そんな木暮の手を取ると、天宮は浴室の角に設置されていたシャワールームへ引っ張った。

「んっ！」

壁を背に追いやられ、キスをされると同時にシャワーのコックが開かれ、噴き出してきた水に背筋を竦《すく》ませる。

「悪い。すぐに温かくなるが、一度身体を冷ましたかったんだ。そうでもしないと、お前をぶち壊しかねない状態で」

適温に設定されたシャワーは、言葉どおりすぐに温かくなってきた。

天宮はクスリと笑うと改めて口づけ、両手で木暮の身体に触れてくる。

微かに太腿《ふともも》を掠った天宮のシンボルが頭をもたげている。わずかな水を浴びたぐらいでは、彼の熱はさほど冷めることがなかったらしい。

『やっぱり夢みたいだ。天宮さんが俺を相手に欲情するなんて』

木暮は、おずおずと両手を彼の肩に回すと、服従を示した。

何をどうしていいのかわからないうちは、なすがままでいい。きっと必要があれば、天宮は催促してくる。それはわかっていたので、木暮は天宮にすべてを任せて、感じることに徹した。

最初に教えられたように、好きな男に抱かれる女をイメージしてそれに徹したのだ。

『いつもこの人はそうだ。いや、最初からそうだ。俺にとっては夢みたいな存在だ』

天宮の唇と手は、温めのシャワーの中で、丹念に木暮の肌に触れてきた。

鎖骨から胸元、下腹部へと繋がるラインは特に丁寧に愛してきた。

『優しくて、温かくて、心地よくて――――それなのに、実はエロくて暴君で』

そうして身体がほどよく温まると、天宮はシャワーを止めて、備えつけのボディーソープを手に取った。それを木暮の身体に塗りつけながら軽く泡立て、これまでとは違った滑りの中で、再び肉体をまさぐってくる。

「ぁんっ…」

心地よく滑る指先で、胸の突起で抓まれ、堪えきれずに喘いでしまった。

「――――天宮さ…っ」

胸元をキリキリといじられるうちに、グンと頭をもたげた欲望に目標を移すと、今度はそれを扱き上げてくる。

「先に絞っておいてやる。そのほうが力も抜けるだろう」

「でも、それは…っ。んっ」

滑る掌の中で、木暮の欲望はいっそう大きく膨らんだ。

天宮の手で擦られているという事実だけでも達してしまいそうなのに、ここでも彼は感じやすい部分ばかりを責めてくる。亀頭から尿道口を指でなぞられ一気に身体が熱くなる。

膝《ひざ》が震えて、立っていることがままならない。

「放してください。駄目です、も――――あっ」

がくりと膝が折れかけるのを天宮に支えられ、木暮は足元に絶頂へ達した証をほとばしらせた。

天宮の手や腹部にも、木暮の淫《みだ》らな白濁が飛び散っている。

「素直でいい身体だ」

「幼稚で…、簡単だと思ってるくせに」

満足そうな囁きに、もう少し我慢が利かないものかと恥ずかしくなった。

「変に大人じみてて難しいよりいいだろう。それより、ここはまだ俺の指しか知らないのか?

それともあれから一人で試したのか？　他社製品だか自社製品を入れて」

それは本当だろうかと、確かめたくなるようなことを口にしながら、天宮は濡れたその手を木暮の腰へ、ほどよく引き締まった臀部へ回し、固い窄みをこじ開けにきた。

「口ばっかりですみません。尻ごみしたままです」

天宮の手が、指の先が、木暮に新たな快感が起こることを予感させる。

「それはラッキーだ。あれを相手にされるのも腹立たしいが、バイブにお前の処女を奪われるのはもっと悔しいからな」

「――――あっ」

すでに滑りのよくなった天宮の手は、前よりいとも簡単に木暮の中に入ってきた。

異物に意識が集中する。

「今日は声に、言葉に出せよ。心で思ったところで俺には響かない。俺はお前の本心が知りたいんだ」

「ぁっん――――そこはっ」

すでに弱いところは知られている。巧みに蠢く指先で中を擦られ、しびれるような快感が生まれては全身を駆け巡る。

彼を感じられることが嬉しく愛おしい。

「これがいいのか悪いのか、ちゃんと知っておきたいんだ」

「そこは、駄目っ」

木暮は敏感な部分を突かれるたびに、天宮にしがみつき、身体をよじった。追いかけてくる快感から逃げようとする反面、気持ちのどこかで求めてしまう。

「なら、他のところのほうがいいのか？」

「それはいや——っ。このまま。やっぱり…、このまま…、して」

いざ天宮が責める先を変えようとすると、葛藤しながら勝利した本音が漏れた。

貪欲《どんよく》なまでに絶頂感を求める自分が現れ、恥ずかしさから天宮の胸に顔を伏せる。

「お前をスカウトしたっていうＡＶ関係者の目は確かだな。気を抜いたら、こっちが先にイかされそうだ」

顔も身体も何もかもが、火を噴きそうなほど熱かった。

天宮に探られる陰部だけに意識が集中してしまい、彼の動きに合わせて、勝手に肉壁が蠢いた。

ねっとりと絡み合い、擦れ合う部分から木暮のボルテージは一気に上がり、そして弾ける。

「ぁ——ぁっ！」

全身が痙攣をするように震えた。

自分を支えるものが天宮しかなく、木暮はしがみつく手に力を入れる。

あまりに強く縋ってしまい、天宮の肩から背に爪痕《つめあと》が伸びる。

「飲み込みが早いな。もう、中でイくことを覚えるなんて」

天宮は、木暮の中から抜け出すとクスクスと笑いながら自身の膨らみに手を向けた。

経験が乏しいわりには淫乱だと思われただろうか、急に不安が過ぎる。

それが目に表れたのか、天宮がキスをしてきた。

「やっぱり教える側がいいからだな」

ホッとした途端に、一秒前よりもっと彼が欲しくなった。制御が利かない。

「そろそろこっちが限界だ。力を抜けよ」

木暮がチラリと視線を落とすと、天宮のいきり立ったシンボルが目に入った。

『やっぱり、ゼックンのとは違う』

当たり前のことだが生々しかった。作りものより何倍もいやらしくて、淫猥《いんわい》に感じた。

それなのに、インターネットで見てしまった映像のような嫌悪感がなく、興奮ばかりが高まってくるのは天宮が相手だからだろうか？

彼の指より、どんなに高性能なバイブより、彼自身が欲しいと感じるのは恋だろうか？

「最初のうちは痛いかもしれないが――」

たとえこれまでのような快感がなくてもいい、痛みや苦しみしかなくても構わないから、すぐにでも一つになりたいと願うのは愛だろうか？　それともそれさえ超えた独占欲？

「俺のためだ。我慢しろ」

木暮は、天宮にすべてを任せて身体を開いた。

誘導されるまま片足を軽く浮かせ、彼の熱棒が入り口に触れるのを感じ取った。

『来た』

先端で探りながらも目標が定まると、天宮は突き上げるようにして潜り込んでくる。

中を、奥を探る天宮自身は、これまでに受けた圧迫感とは比べものにならないものがあった。臀部から腹部に向けて、木暮に大きな衝撃を与える。

『痛っ――――』

その瞬間、異物感さえうやむやにするような激痛だけが全身を貫いた。

「力を入れるな。呼吸しろ」

そうでなくとも狭い道を阻まれ、天宮が懇願してきた。気持ちとは裏腹に彼を追い出そうと躍起になる肉体が恨めしい。木暮は意識して力を抜くよう心がけてみた。

「そうだ。いい感じだ」

行き詰まっていた天宮が、静かに動き始めた。

入り口から奥へかけて彼自身がゆるゆると、そして徐々に激しく行き来する。

接触部分から響く音がいやらしい。それなのに、木暮はそれさえ嬉しいと感じた。

『無茶苦茶痛いけど…、天宮さんと繋がってる』

大きな圧迫がすぐに心地よさに変わることはなかったが、木暮は激しさを増す痛みの中で、確かに天宮との一体感を覚えていた。

『一つになってる』

嘘のように身体と身体がピタリと合わさり、そして繋がり、口づけを交わす喜びに最高の絶頂感があることを知ったのだ。

「木暮…っ」

微かにかすれた天宮の声が、聴覚からも木暮を犯す。

互いの身体が揺れ動く中、次第に呼吸が不規則になる。

「天宮さんっ」

強欲なまでに中へ奥へと突き上げてくる天宮が、いったいどこで満足するのかわからない。

彼には木暮の変化を見つめて間をはかる余裕がある。キスをし、二人の腹部の狭間《はざま》で惑う木暮自身に手を伸ばし、それを同時に愛するゆとりもある。

「天宮さ…っ」

しかし、急激すぎる刺激や快感のため、すぐにでも果てそうな木暮からすれば、一度落ち着いてほしいのが本心だった。

「もう…、もう」

今にも崩れ落ちそうな身体をどうにかしてほしくて、天宮に縋る。

「しょうがないな」

天宮は嫌そうな顔はしなかった。

素直にもたないと明かしてくる木暮を愛おしそうに見つめてきた。

「なら、一度イくぞ」

木暮が身体中でひと際強くうねりを感じたとき、天宮は自らスパートをかけて愉悦の果てへ達した。その熱い飛沫《ひまつ》を浴びながら、木暮もまた同じ世界へ誘われた。

『それにしても、初めてがバスルームで立ったままって、初心者向けだったんだろうか？　それとも天宮さんからしたら、これでもビギナー対応？』

ふと木暮がこんなことを考えてしまったのは、天宮の腕の中で目を覚ましてからだった。

バスルームからベッドに移動したあとも、木暮は天宮と抱き合った。一度や二度の絶頂感では収まりがつかず、どちらからともなく求め、そして貪《むさぼ》り合った結果が、意識をなくすまで繰り返してしまったセックスだ。疲労感が身体に残る。臀部から腰に痛みや倦怠《けんたい》感が広がる。

木暮は、自分はかなり淡白なほうだと思っていただけに、こんな状況で目覚めたことが、最初は恥ずかしいより信じられなかった。それより何より自分を抱いて満足そうにまどろむ男が天宮だなんて――いまだに夢の中と錯覚するほどだ。

『なんにしたって、この人は魔性だ。存在しているだけで理性を破壊する。常識も道理も何もかも。この人が手に入るなら、どうでもいいって思わせる』

今があまりに心地よすぎて、幸せすぎて、木暮は本当の意味で現実に戻るのが怖かった。

『どうしよう。本当に夢中だ。俺はこの人に、天宮昊司に耽溺してる』

しかし、木暮が目覚めたことに気づくと、天宮は「そろそろ戻るか」と笑った。

完全に午後の仕事を放棄してしまったが、それをこれから取り戻しに帰るらしい。

それは自分も同じだ。今夜はサービス残業確定だ。

「それにしても、こんなことになるなら最初の夜に、誘われるまま寝ちまうんだったな。そのはうが手っ取り早かった」

「なんの話ですか？」

木暮は、これが夢なら覚めてほしくないと思った。

だが、二人でスーツに着替えてネクタイを締めると、サラリーマンの性《さが》なのか、いやでも現実に戻る。特に眼鏡をかけると、世界がよりクリアに見え始める。

「お前が俺を誘った話だ」

「悪い冗談言わないでください」

「冗談なもんか。部屋まで送り届けた俺に向かって、ベッドまで連れていけだの上着を脱がせて椅子にかけろだのって催促したのはお前だぞ。もともと見知った仲なら、そうは取らないが、出会いが出会いだ。こういうところに比村も惑わされたんだろうなと思うだろう」

しかし、ここで「そんな馬鹿な」という話をされたのは、木暮にはいい気つけ薬になった。

確かに、あの晩酔って意識不明になったわりには、翌朝上着がきちんと椅子にかかっていた。

まさか自分で催促していたとは思わなかったが、言われてみるとやりそうだ。

酔って天宮を誘うことはなくても、「上着が皺になるのはいやだ」ぐらいは言うだろう。

自分のことだけに、木暮は肯定するしかない。

「それに、散々〝俺は仕事で認められたかったのに〟と愚痴り泣きした挙げ句に〝もう何もかも忘れてやる〟って言って、抱きついてきたんだぞ。お前だって女にそれをされたら〝抱いてくれ〟とか〝慰めてくれ〟ってことだと思うだろう？　それを無視したら、かえって気が利かないと恨まれる」

「でも――俺は男ですし。完全な酔っ払いだったはずですし……」

それにしたって知れば知るほど、木暮は〝二度と酒は飲むものか〟と、反省が過ぎった。

思い返せば、あそこまで酔ったことがなかったので、自分に酒癖があることさえ知らなかった。

まさか、愚痴るわ絡むわ吐くわ迫るわ、挙げ句の果てに泣き出すわ⁉

そこまでフルコースとは考えてもみなかった。それをすべて一人で受け止め、対応したのだとしたら、天宮の寛容さは計り知れない。かなりのお人よしだ。惚れ直してしまう。

「そうだな。だから色気はさておき、〝仕事で認められたかった〟ってほうだけを聞いて、会社にスカウトしたんだ。さすがに知り合って数時間で絡んだ相手を、会社に引き込むのは躊躇いがあるからな。どちらを取るかって言ったら、こっちだろう」

木暮は、いろんな意味で天宮に頭が上がらなかった。顔が見られなかった。

こんな自分でいいんだろうか？　いったい天宮は自分の何が気に入って好きだと言ってくれたのだろうか？

もしかしたら気の迷い？　馬鹿な子ほど可愛い？　そんな不安ばかりが込み上げてくる。

好きだと気づき、結ばれた喜びを知り、もう天宮に夢中だという自覚があるから、失うことに怯《おび》えてしまう。

「けど、結果的に絡んじゃいました」

一度寝たら捨てられました。なんて、いつかどこかで聞いたような話まで頭を過ぎる。

「どっちも欲しくなったんだから仕方がない。仕事に真摯なお前も、色恋に疎《うと》いお前も、全部手に入れたくなったんだから、そこは責任を持つ。っていうか、お前も責任を持て。恋愛は共同責任だ。シェアリングするのは快感だけじゃないぞ」

「――――！」

しかし、勝手に暴走しかけた木暮に、天宮は驚くような言葉で歯止めをかけてきた。

『恋愛は、共同責任。それって、これに関しては俺と天宮さんが同等ってこと？　この関係が天宮さんの意思や判断だけでどうにかなるわけじゃなく、俺の気持ちも同じぐらい反映されるってこと？』

出会ったときから当たり前のようにあると思っていた上下関係をぶち壊し、こうなった責任を分かち合え、お前もちゃんと努力しろと、はっきり言ってきたのだ。

二人の関係を、恋を、これから守り大切に育てていくために――――。

「けじめはつけるよ。どんなにこれがプライベートだと言ったところで、実際に俺が社長でお前が社員なのは事実だ。職種が職種だけに、職場恋愛も結婚も禁止はしてないが、それだけにきちんと周りに報告しないと、いつお前にちょっかいをかけられるかわからない。お前だけは奴らとシェアリングする気はないからな」

木暮は、本当に天宮を失いたくないのなら、そんな心配する前に恋人でいるための努力をしなければいけないのだと痛感した。歴然とした彼との差に自分を卑下するぐらいなら、それを少しでも埋める努力。いや、それさえ必要ないほど、まずは天宮からの好意を信じること。彼からの言葉を何一つ疑わないことが、一番必要なのだと。

「それ、何か違いませんか。心配の矛先が」

木暮が顔を上げると、天宮はフッと笑って頬を小突いてきた。

たった今揺れ惑った木暮の気持ちさえ、実は見抜いていたのかもしれない。

内心、しょうがないなと思いながらも、それをあんな言葉で伝えてきた。

彼の手には、そんなことを想像させる温もりや優しさがあった。

木暮に、一生放したくない――――そう思わせるような。

「何も違ってないぞ。うちの社員は仕事のできる奴しかいないが、それと同じぐらい手が早い。お前がこれまで月岡以外からちょっかいをかけられていないのは、むしろ奇跡だ。水城がすんなりお前に出入りを許したのだって、絶対に隙あらば食ってやろうっていう魂胆だろうしな」

「え？　そうだったんですか？」

「完全に信頼させてから食いつくすのがあいつのやり方だ。ただし、食うのはデータ収集、全部ドール作りに生かすためだけどな」

『そ…っ、そんな馬鹿なと言えないところが、ゼックンのリアルさだったりして』

すっかり仕度がすんで、チェックアウトの準備ができると、天宮は改めて「行くぞ」と合図してきた。

「ま、なんにしても、お前はこれまでどおり仕事に専念してくれ。社内で悪いようにはしないし、変な心配をさせるようなこともしない。そこは俺を…いや、一緒に働く仲間を信用してくれ」

「はい」

足並みを揃えようにも、いまいち足元がおぼつかない。そんな木暮を見て噴き出すも、その後はすぐに「すまない」と言って手を差し向けてきた。

今日も初めて会ったときのように、木暮のペースに合わせて歩いてくれた。

「あ、ただし。間違っても張りきりすぎて、おかしな営業はするなよ。月岡は相手によっては枕営業もするが、それは完全に趣味だ。仕事をきっかけに、気に入った相手を口説こうってだけの腹だから、くれぐれも参考にするな。俺はそういうところに身体を張れって言ったことは一度もない。誰に対しても、それだけはないから」

「わかりました」

木暮は、とにかくまずは仕事を頑張ろうと決めて、会社に戻った。

＊＊＊

人間いつなん時、何が起こるかわからないが、ここのところの木暮は、まさにそんな感じだった。木暮自身が予想もしていなければ、想像もしていなかったことが立て続けに起こる。

『けじめはつける。周囲に報告か。天宮さんはああ言ってたけど、実際どうなんだろう？　付き合い始めたことが知れたら、なんでお前なんだよって責められないかな？　仕事も半人前のくせしてふざけるな…って。天宮さんに片思いの人がいても、不思議がないし』

上司からのセクハラも、大人のおもちゃ会社への転職も、実直に生きてきた木暮の人生から考えられなかったことだ。

しかも、転職先の社長と恋に落ち、行くところまで行ってしまうなんて――――。

これに関しては若干期待があったことが否めないが、それでもよもや現実になるとは考えてもいなかった。世に言うところのオフィスラブなんて、自分の人生には無縁のことだと思っていただけに、木暮は地に足がついていなかった。身体がふわふわとして、気がつけば溜息を漏らしてしまう。ずっと微熱が続いているような、そんな状態だ。

「木暮。このコンドームの個人受注はなんなんだ？　お前、どこに営業かけたんだよ」

それでも自分にできること、やれることをコツコツとやっていると、月岡が伝票を片手に声をかけてきた。

「あ、それはその…。前に勤めていた会社の同僚たちが、まとめて買ってくれたんです。多分、俺がここの営業に入ったことを知っているので、心配してくれたんだと…」

伝票の中身は、比村樹脂本社営業部の西井から受注を貰ったコンドーム一年分だった。

これは、先日相談を受けた橘屋への謝罪がうまくいき、どうにか契約・納品にこぎつけたという報告と同時に、彼が代表して購入してくれたものだ。

まさか本当に注文してくれるとは思っていなかった上に、内容が営業部全員の一年分だったことから、最初なんの冗談かと疑ったほどだ。

「へー。ありがたいことだな。まあ、その元同僚たちの気持ちもわかるけど」

「すみません。何かにつけて、経験不足で。全然お役に立てなくて」

ただ、西井は「お礼だよ」と言いながらも、本当は売りものが売りものだけに木暮がどんな営業をしているのか、心配で仕方がないと言い含めてきた。

下世話な発想にしかならなくて申し訳ないという風だったが、実は営業部の全員が、月のノルマがあったらどうしよう？　実演販売とかあったら――ええええ!?　的な発想になってしまい、みんなでどうしたら木暮に変な仕事をさせずにすむのかを真面目に考えて検討。結果、正当な方法で売上を出すことだろうと合致し、今回の購入に及んだらしかった。

涙ぐましい友情であり、仲間意識だ。それが月岡にもわかったのだろう、かなり苦笑気味だ。

「そんなことはないよ。なんだかんだいって、新しい入荷先を増やしてくれてるじゃないか。一つ一つは少数入荷でも、ちりも積もればなんとかだ。俺はついつい大口を狙《ねら》うから当たり外れが大きいけど、木暮はコツコツと確実に顧客を増やしてくれるから、すごくありがたいぞ。さすが社長、見る目あるよ」

もっとも、そんな元同僚たちも、まさか実演販売を心配されるような木暮がバイブの研修から社長とオフィスラブな展開となり、実践に及んでしまったとは思うまい。

月岡にしたってそうだ。今はこうしてフォローしてくれるが、天宮との関係を知ったら、どうなのだろうか？　木暮は気が気でない。

「そうそう。俺たちにはない発想や知識、経験も持ってるしな。ほら、この前のハンドバイブ、試作品ができてきたぞ」

そうこうしているうちに、いつもの立ち話会議のメンバーの一人が笑顔でやってきた。

その手には〝ハンドバイブ〟と称するマネキンの手のようなものが持たれている。

「え？　早すぎませんか？」

見れば男性の右手タイプだったが、それもそのはずだった。

「水城や制作部の奴らが、ゼックンのパーツや自社品を改良して、即席だけどって作ってくれたんだよ。これをもっとどうしてほしいっていう意見を貰うほうが、手っ取り早いからって」

「それじゃこれはゼックンの手なんですか？　もいで作ったんですか？」

「予備パーツだ、予備パーツ！　さすがに本体からもぎ取ってきたわけじゃないって」

「――――よかった」

木暮が悲鳴を上げると、慌ててフォローが入り、泣きそうになる。

『いや、よくない。予備とはいえゼックンの手ってことは、天宮さんの手も同然じゃないか』

だが、こんなところでめげている場合でないのが愛愛玩具だ。

「お、試作か。どれどれ」

「うわー、なんか艶っぽいな。男性タイプなのに手タレの手みたいだ」

他の会議メンバーも集まってくると、営業部はあっという間ににぎやかになった。

ハンドバイブを回し見しながら、当たり前だがいじり倒して、撫で回していく。

「これ、ほどよい偽物感がいいな。リアルすぎたら気味が悪そうだが、見た目も触り心地も〝おもちゃです〟ってわかるのが安心感を誘う。関節も滑らかだ。あ、そこにあるミナミちゃんを持ってきてくれよ。とりあえず入れてみよう」

月岡が指示を出すと、これまた当然のように室内に置かれていた自社製品見本をメンバーの一人が持ってきた。

ミナミちゃんと呼ばれたのは五十センチ程度のラブドールで、当社の売れ筋ナンバースリーという萌えキャラクター人形だった。誰のデザインかは謎だが、セーラー服着用でニーハイまで履いている。ツインテールが可愛い、一見そのまま室内に飾れてしまう美少女ドールだ。

しかし、月岡は受け取ったミナミちゃんのスカートをおもむろに捲り上げると、有無も言わせず下着だけを脱がした。だったら服や靴下も脱がせろよと思うところだが、それはせずに両足を持ってガバッと開く。

「一本――――二本。三本まとめるとこんな感じか」

すると、他の者がハンドバイブの指を伸ばしたり曲げたりしながら、それをミナミちゃんの股間へ向けていった。

「防水だから普通にオイルも使えるし、これでスイッチが入ったらかなりいい感じか？」

普段からそんなふうにするんですか？　と聞きたくなるような手つきで、抽挿《ちゅうそう》し始める。

どこからともなく「あぁん…」と聞こえてきたのは木暮の幻聴だ。

「も、もうやめてください！　こんなの公然わいせつ罪です。いくらなんでも、やらしすぎます。駄目ですって！」

その手に誰を想像したかは言えないが、木暮は堪えきれなくなるとハンドバイブを奪い取った。

そのまましっかり胸に抱きしめる。手の大きさ、形、指の長さ。やはりゼックンの予備パーツだけに、天宮のそれを錯覚させる。木暮はそのことを実感すると、頭がヒートして目頭まで熱くなった。

「なら、お前が家で試してこい」

「へ？」

「これ、使用後のアンケート。制作部が参考にするんだから、ちゃんと試して答えろよ」

「月岡さん？」

だが、半泣きしている木暮に、月岡はニヤニヤしながらアンケート用紙を突きつけてきた。

「いやー、よかったよかった。ここで試したところで、どうせ大したことはわからないしな」

「そうそう。俺たち玄人目線で語り合ったところで、定番の感想しか出てこないのはいつもと一緒だ。意表をついた意見が出せるのは、やっぱり素人体験&目線に限るからな」

「じゃ、よろしくな木暮。さてと、週末だ。独り身の奴らでも集めて飲みに行くか～」

他のメンバーも笑いながら、この場から去っていく。

しかも、「家で試してこい」と言ったわりに、ミナミちゃんは今夜の飲み会に同行させるつもりなのか、とっとと持ち去られてしまった。

暗黙のうちに、木暮は「自分に入れて試してこい」と言われてしまい、ますます目頭が熱くなる。これはいじめかセクハラか？　それとも新たな試練なのか？　まさか天宮との関係がバレていて、嫉妬された結果――は考えすぎにしても、木暮には難題だ。

『なんか…、はめられた気がするのはなぜだろう？　それにしたって、こんなの持って帰ったら天宮さんに何を言われるか…、されるかわからないよ』

かといって、今から月岡たちを追いかけて、ミナミちゃんを奪って持ち帰る勇気など、木暮は微塵もなかった。だいたいからして、人形相手であっても、これがあそこに入るのが堪えられなかったから奪い取ったのだ。だったら自分で試せと言われたところで仕方がない。

『天宮さん、絶対に浮かれるよな。下手したら、どっちが俺の指だとか試されて…』

木暮は、ハンドバイブの指を一本一本確認しながら、ついいけない妄想をしてしまった。

最近までこんないやらしい想像をする人間ではなかったはずなのに、環境が偉大なのか恋が偉大なのか、いずれにしても悩ましい限りだ。

『ああ――――俺、本当に終わってる。まるで自慰を覚えたての中学生だ』

そのうち反省さえ起こらず、もっと過激な思想や言動を取るようになるかもしれないが、今はまだ後悔や反省に苛まれる。

『とりあえず、時間だし帰ろう』

木暮は、誰もいなくなった部屋で肩を落とすと、預かったバイブとアンケートを鞄にしまって本日の業務を終了した。

『あ、天宮さんからメールだ』

その後は丁度よく鳴ったメールの受信音のため、会社の外で天宮と待ち合わせた。

軽く二人で夕食をとると、天宮の車で自宅前まで送ってもらう。

「悪いな。この週末は手が離せない用事ができて、兄貴のところに泊まり込みになったんだ。二人でのんびりしたかったんだが――」

週末は一緒に過ごす予定でいたが、それは天宮の都合からなくなった。

「お兄さんのところへ？　それって会社に一大事でも起こってるんですか？」

「いや、そういう心配はいらない。ただ、連日神経を逆撫でされることがあって、爆発寸前なんだ。それを宥めるっていうか、止めるっていうか…。奴の場合、怒りに任せて関係のない人間を巻き込むのが得意だから、見張ってないと何をしでかすかわからなくて」

一瞬焦りと不安が込み上げるも、天宮の笑顔に安堵する。

「――そうですか。それは、止められる人が止めないとまずいですもんね」

「まあ、そんなに長引くことはないから」

「わかりました。じゃあ、今日はこれで。送ってくださって、ありがとうございました」

初めて迎える週末を二人で過ごせないのは残念だが、こればかりは仕方がない。

木暮はせめて天宮に余計な心配をかけないよう、笑顔で車を降りようとした。

「あ、木暮」

「！」

右ハンドルの車内。助手席から降りようとしたときに、腕を掴まれ引き寄せられた。

『天宮さん』

身を乗り出した天宮に口づけられて、胸が高鳴り身体が火照る。

もう少しだけ——思わず強請《ねだ》ってしまいそうなぐらい短いキス。

「寂しくなっても、例の試作品と浮気はするなよ」

天宮はすぐに唇を放すと意地悪く言った。

「嘘だよ。ちゃんと試してアンケートに書いておけよ。やっぱり本物には敵わないって。じゃあ、お休み」

どんなに悪戯《いたずら》じみた言動をとっても魅力的に見えるのは、彼がすでに完成された大人の男だからだろうか？

『そんなの試すまでもないってわかってるくせに。どうしてあの人はああかな？　こっちはキスどころか、笑顔一つ向けられたって、どうにかなりそうなのに』

木暮は走り去る車を見送りながら、焦れた気持ちや身体を慰撫《いぶ》するように鞄をギュッと抱きしめた。

『ハンドバイブのモデルだって、きっと天宮さんなんだって思っただけで、怪しい気分になってくるのに——』

〝嘘だよ〟

悪戯に甘く、優しい声が耳から離れない。あたりが暗く、人気《ひとけ》がないのを幸いに、木暮は試作品が入った鞄を開くと、確認するように中を覗こうとした。

「——っ⁉」

しかし、そんなときに突然肩を摑まれ、全身が震えた。

「やっぱりお前、天宮とできてたんじゃないか。俺を騙しやがって」

『比村部長！』

予期せぬ相手に声をかけられて、息が止まる。

「もしかして、最初から俺をはめるつもりだったのか？　天宮のさしがねで、俺をその気にさせたのか？　あの日もホテルに天宮を呼び出しておいて…。俺はそれを知らずにお前に手を出し、まんまと奴に弱みを握られる羽目になったのか？」

「何を言ってるんですか？　俺にはなんのことだかさっぱり…」

恐る恐る振り返ると、比村は恨みがましい目をして木暮を見ていた。夜目とはいえ、以前よりやつれて見えるのは錯覚ではないだろう。明らかに形相が変わっている。

「ふざけるな！　どうせ仕入れ値の件で、天宮が画策したんだろう？　お前は奴の手先になって、自分の上司も会社も裏切った。そうなんだろう！」

「っ！」

比村は声を荒らげると、木暮の胸倉を掴み、締め上げてきた。

「こっちはお前が消えてから仕事どころじゃない。社内どころか、取引先にまであらぬ噂が立って、立場もないっていうのに――。自分だけ幸せそうな顔をしやがって」

乱暴に揺さぶられるうちに、木暮の手から鞄が滑り落ちて、足元に中身が撒かれる。

『しまった！』

比村のつま先が鞄に当たり、木暮は咄嗟に手をのばすが、それさえ彼は許さない。

「けどな、俺はやられたことは百倍、千倍にして返す。天宮にもお前にも、俺に煮え湯を飲ませたことを必ず後悔させてやる。俺の足元に跪《ひざまず》かせて、許しを請《こ》わせてやる」

「うっ！」

自分のほうをちゃんと見ろと言わんばかりに揺さぶられ、その上片手で首を絞められ、木暮はうめき声を上げた。

「もっとも、お前にだけはチャンスをやる。心を入れ替え、一生を俺に捧《ささ》げ、そして尽くすと約束するなら許してやらないこともない。あいつに甘える以上に俺に甘えて、愛を強請《ねだ》るなら…、ん？」

だが、狂気に駆られたようになっていた比村の気が、突然逸れた。

何かと思い足元に視線を落とすと、鞄の中から飛び出しただろうハンドバイブの電源が入って、五本の指がさわさわと蠢いていた。街灯の明かりが微かに届く程度の暗闇では、それがまるで人の手のように白く浮かび上がる。

「うわっっ————っっっ！」

その上、五本の指が蜘蛛《くも》の足のように蠢き、足に絡みついてくるのだから、さすがに比村も悲鳴を上げた。ある意味、正気に戻ったのかもしれない。

「なんだ？　なんだこの手は⁉　と、とにかく！　木暮、お前は頭を冷やして考えておけ。俺を取るか、あいつを取るか。すぐにでも答えを聞く。いいな、わかったな！」

足元をばたつかせてハンドバイブを振りほどくと、比村は血相を変えて逃げていった。

その姿はいつもの比村、木暮が知る本来の彼の姿だ。

「わかったな…って。そんな、何が何だか…わからないよ」

木暮は唖然とするばかりで、肩で息をした。

「わかることがあるとするなら、ありがとうゼックンハンド。お前のおかげで助かったよ」

それでも、ウィンウィンウィンと静かにモーター音を響かせるハンドバイブを拾い上げてスイッチを切ると、ホッとしながら抱きしめた。

「た…ただし、迂闊にスイッチを入れると、ホラーグッズだって報告しなきゃな。あとは、これに関しては、指の関節まで個々にクネクネさせる必要はない気がする。特に初心者には、指先が震える程度で十分な気が――」

暗闇の中で見るにはやはりオカルトチックなそれには苦笑するしかなく、木暮は撒かれた荷物をかき集めると、すぐさま明かりを求めて自室へ戻った。

寝室に直行し、改めてハンドバイブをベッド上に置くと、木暮はレポート用紙を片手に電源を入れたまま様子を窺ってみる。

「それにしても、よく動くな。さすが基本がおもちゃ屋だ。こういう動きって、むしろ子供向けのノウハウだよな？　犬が歩いたり昆虫が動いたりみたいな」

スーツの上着を脱いだところでベッドに腰かけ観察し始める。

明るいところで見るには、バイブだとわかっていることもあり、そう恐怖はない。新作に対しての好奇心や関心のほうが上回る。

しかし、いったいどんなプログラムが内蔵されているのか、それはいきなり動きを変えた。

「――――って、え？」

初めはベッド上を動き回っていたが、木暮が何の気なしに小突くと、その手をいきなり摑んできたのだ。しかも、五本の指が蠢きながらも腕を這い上がってくる。

「え？　壊れた⁉　スイッチ切っても止まらないよ。嘘、助けて水城さん！」

指を振動させるだけではなく、男性器を摑んで擦らせるという作用のための動きなのかもしれないが、とにかく木暮は味わったことのない感触と恐怖から、慌てて携帯電話を取り出した。

アンケート用紙の最初に書かれていた、〝質問等があるときは、いつでもこの番号にどうぞ〟という水城の言葉に甘え、携帯電話の番号に直接かけて助けを求めた。

「もしもし、水城さんですか？　俺、木暮です」

〝ああ、木暮くんか。お持ち帰りして、もう試してくれたの？　ゼックン仕様のハンドバイブはどう？　かなりテクニシャンだろう。本人に似て〟

どこにいるのかは謎だが、水城はやけに機嫌よく電話に応対してきた。

「それどころじゃありませんよ。これ、やりすぎです。もし本気で作ったっていうなら、俺は営業先をハリウッドにします」

〝なんだって？〟

「だって、こんなのもうバイブじゃないです。ホラー映画の小道具ですよ。これだけで映画が一本作れます。っていうか、仮にこれが製品化されて倉庫に積み上げられたら、俺は絶対に寄りつきませんよ。怖すぎますって！」

〝へー、これぞ素人目線。そんな新規の営業先まで開拓してくれるなんて、すごいね〜。さすが社長のお眼鏡にかなった営業マンだ。じゃあ、そういう路線でも売りを拡《ひろ》げるってことで〟

木暮は這い上がってくるハンドバイブに肩を窄ませ、全身に鳥肌を立てていたが、そんなのまったくお構いなしだ。水城は電話の向こうでケラケラと笑っている。

「感心している場合じゃありませんって。どうやったら止まるんですか、これ！　腕を掴まれたまま取れないんですよ。こんなのあそこだったら、大変なことになるでしょう〟

いっそこのまま肩でも揉んでくれるなら、また用途も変わるだろうが、コントロールの利かないハンドバイブは、腕で止まるとギュウギュウと掴み始めた。

予想外の動きばかりをされて、木暮はますます困惑してくる。こんなことならアンケート以外に、取り扱い説明書も欲しかった。

〝あれ、配線が狂ったかな？　まあ、電池が切れれば止まるよ。それにしてもハリウッドか。一度に何万個も売れたら、ウハウハだね。しかもハリウッド映画で使われた高性能ハンドロボットというブランドまで乗っかる。まあ、さすがにそうなったら販売元はラブラブトーイにしといたほうが賢明だろうけど。これが本当に現実化したら、ゼックンの完成に俄然《がぜん》近づくかも〟

「――――え？　このハンドバイブが？」

だが、それより何より驚愕したのは、水城の発想のほうだった。

〝どんな用途であれ、性能と技術力が評価されてお金になるなら言うことなし。しかもそれが裏街道じゃなくて表街道なら万々歳だ。木暮くん、この話マジにトライしてみてくれない？〟

「ええ⁉　ハリウッドにですか？」

それは本気かと思うようなことを真面目に言われて、木暮の困惑の意味が変わる。

〝駄目もとだよ。けど、何もしないよりは可能性があるだろう。それに、俺たちだって本当はゼックンをラブドールなんて名目で作りたくない。ちゃんと高性能アンドロイドとして開発していきたい。けど、それにはお金も足りないが、ブランド力も足りない。本当ならＮＡＳＡ御用達《ごようたし》ってぐらいの高性能保証が欲しいぐらいだからね。投資家たちに今よりもっと投資させるには〟

「…っ、水城さん」

〝ありがとう、木暮くん。なんだか君のおかげで、まだまだいろんな手段や可能性があるんだって気づけたよ。今回のハンドバイブにしても、これまで出てこなかった発想だしね〟

腕にしがみついたハンドバイブは、今もなお〝ウィンウイン〟と振動しながら、木暮の腕を締めつけていた。

しかし、意識が完全に仕事モードに切り替わった木暮には、それももう気にならない。

「――――俺、ちょっとこれから映画の小道具について調べてみます。ハリウッドだけじゃなく、国内にだってチャンスはあるはずですし。それに、考えようによっては〝この手〟が活躍できるジャンルっていうか、場所がもっとあるかもしれない。そもそも、これだけ滑らかに動いて適度なパワーまであるんですから、動きの設定や制限次第では、ね」

〝木暮くん…〟

「水城さん。俺のほうこそありがとうございました。水城さんのおかげで、愛愛玩具で勤めていく希望というか、自信が少し出てきました。この業界のことを、なんにもわかってない俺だからこそできる仕事がある。今夜は心からそんなふうに感じることができました」

〝――――それは、よかった。お互いに〟

「はい！」

木暮はベッド上で姿勢を正すと、力強く返事をした。

〝なら、これに関しては視野を広くしていこう。俺はこれから企画の人間に声をかけて、若干予算を多めに振り当ててもらえるよう、正式な企画書を作ってもらうよ。詳細に関しては、木暮が調べてくれる内容を織り込むように頼んでおくから、まずは週が明けたら合同会議を〟

「はい。よろしくお願いします」

電話を切ると大きく深呼吸をして、腕にくっついたままのハンドバイブに視線を落とす。

「なんか、嘘みたいだ。本当にいろんな意味で、夢みたいなことが起こる会社だな」

腕についたそれは、先ほどとなんら変わらない動きをしていたが、木暮には相槌でも打っているように見えた。

「ふふ。なんかお前が可愛く見えてきたぞ。気の持ちようって偉大だな」

次第に電池が切れてきたのか、動きが鈍くなってくると、何やらしおらしくなったようにも見えてくるから摩訶不思議だ。木暮は、ハンドバイブを撫でる余裕さえ出てきた。

「天宮さん…。そうだ。このこと、メールぐらいはしてもいいよな？　いっそ手フェチになれそうとかって送ってみたら、慌てて電話くれるかな?」

そうして今一度携帯電話を構えた。

「――いや、それより…あれだ。比村部長だ。なんか、完全に誤解されたというか、勝手に話を作られていた気がするけど…。どうしよう。さっきのことを報告するべき? でも、この週末はお兄さんのところだし、大事な話をしていたりしたら、邪魔してもな…」

考えた末にそれを下ろすと、木暮はベッドからデスクに移動し、携帯電話を充電し始めた。

「とりあえず、月曜に直接会って話したほうがいいだろうしな」

その後は自分が口にしたとおり、ハリウッド映画について調べ始めた。

と同時に、この思いがけない動きをするハンドバイブに別の用途がないかを模索し、自分なりに幅広い使い道を探してみた。

6

週末をハンドバイブと共に過ごすも、木暮はアンケートに本来の目的からは大幅に逸れた答えしか書けないまま月曜を迎えることになった。

『結局、俺の腕を掴んだまま電池切れしちゃったからな…。月岡さんになんて言おう…』

代わりにハンドバイブが持つ可能性に対しては、出せる限りの案を出し、またレポートにもまとめてきた。

だが、それで月岡がなんと言うかはわからない。水城が納得しているところで、許してもらえるだろうか、少し不安を抱えての出勤だ。

「大変だ！　今、表で聞いてきたんだが、比村樹脂から買収の話が持ち上がってるぞ」

「なんだと？　またか」

「悪夢再びだ。比村社長、まだ諦めてなかったのか」

「ようは、創立三十年程度の比村にとっては、ラブラブが持つ老舗の看板や歴史が欲しいんだろうけど、それを金で買おうってところが腹立つよ。傲慢《ごうまん》もいいところだ」

しかし、社内に入ると同時に木暮の耳に飛び込んできたのは、まさに一大事だった。

「それより株は？　もう、公開買いつけに出てるのか？　ニュースで見た覚えがないけど」

「いや。話は上層部で止まってる。さすがに向こうも体面があるだろうから、よほどのことがなければ敵対買収とわかる公開買いつけには持っていかないだろう。なにせこっちは老舗のおもちゃ会社だ。家族向けで売ってる分、世論は敵に回したくないだろうからな」

「それにしたって、いきなりだよな」

「いや、案外そうでもないのかもよ。ここのところ不当に仕入れ値を上げてきたり、いざこざはあったから。予兆と言えば予兆だったのかもしれない。そのために、表の社長がそうとうピリピリしてたのを、うちの社長が宥めてたぐらいだから」

それも木暮にとっては前の職場と今の職場の大問題だ。身の置き場もない。

「あ、木暮。おはよう。話は水城主任から聞いて…」

木暮は月岡たちと目が合うも、すぐさま「すみません」と会釈をした。合わせる顔もなければ、交わす言葉さえ浮かばなかった。

「木暮っ！」

部屋の前から逃げ出すと、木暮は咄嗟に地下に続く階段へ走った。

〝俺はやられたことは百倍、千倍にして返す。天宮にもお前にも、俺に煮え湯を飲ませたことを必ず後悔させてやる。俺の足元に跪かせて、許しを請わせてやる〟

金曜の夜のことが思い出される。

『今度のことは比村社長じゃない？　比村部長が軸になって仕かけてきた？　でも、だとしたらそれって俺のせい？　俺があの場でちゃんと説明して、天宮さんとのことを納得してもらえなかったから、こんなことになってるのか？　それとも比村部長が来たってことを、俺が金曜の時点で天宮さんに報告してれば、まだこんなことにはなってなかった?』

〝木暮、お前は頭を冷やして考えておけ。俺を取るか、あいつを取るか。すぐにでも答えを聞く。いいな、わかったな!〟

想像が確信へと変わっていく。久しぶりに会った比村は、明らかに以前の彼とは違っていた。だからといって、まさかこんなことを仕かけてくるなどとは思いもよらなかったが、木暮が彼の異常さに目を奪われたのは間違いない。

ひどい誤解から被害妄想に駆られ、木暮や天宮を逆恨みしていたのは明らかだ。

「どうしよう、ゼックン。万が一買収なんかされたら、ゼックンだってどうなることか…」

木暮は、逃げるようにして地下二階まで下りてくると、そのまま開発部の奥へ進んだ。上で騒ぎが起こっていたためか、ここにはまだ誰の姿もない。

「そういえば、前にもこんなことがあったとき、ゼックンだけは奪われたくないから、解体も考えたって水城さんが言ってたけど…」

横たわるゼックンの手を取り握り締めると、木暮は行き場のない不安を彼にぶつけた。自ら思い起こした〝解体〟の文字に背筋を嬲《なぶ》られ、悪寒とも怯えとも取れる震えが全身を駆け巡る。

「いやだ。そんなことはさせたくない。絶対に!」

しかし、それは一瞬にして、武者震いに変わった。

木暮は握り締めた手に力を入れると、何が何でもこの美しくも気高い姿をしたアンドロイドを守りたいと思った。天宮や仲間たちの夢の結晶を、そして今となっては自分の目標にもなった彼の完成を、こんな形で壊されたくはない。

比村だけには邪魔されたくないと血肉が熱くなったのだ。

『――――電話⁉』

そんなときにスーツの上着のポケットから、振動が伝わってきた。

急いで取り出すと、携帯電話の画面には比村部長と表示されている。

「はい、もしもし木暮です」

電話に出ると、相手は間違いなく比村だった。

「はい。わかりました。俺も比村部長にお話ししたいことがありますので、これから伺います」

比村は木暮に勝ち誇ったように言ってきた。

今からでも遅くない、俺のものになれ――――と。


木暮が比村に呼び出されて出向いたのは、今となっては因縁深いだけの場所となったシティーホテルの一室、エグゼクティブフロアにあるスイートルームだった。

二度とここへ来ることはないだろうと思っていたが、そんな気持ちを逆撫でするように、比村はこの場所を、あえて同じ部屋を選んだようだ。

「よく来たな。待ってたぞ。まずはシャワーを浴びてこい。間違っても服を着て出てくるなんてとぼけたことはするなよ」

木暮が部屋に到着すると、すでに比村はシャワーを浴びてバスローブを纏《まと》っていた。この状況で相手の言いなりになれば、何をされたところで言い訳は利かない。ましてや今なら比村が何をしようとしているのか、求めているのかがわかる。木暮は二度と会社へは戻れない、天宮とも会えない覚悟でシャワーを浴びた。言われるまま裸体にバスローブだけを羽織って、比村と共に寝室へ向かう。

『ごめんなさい、天宮さん。でも、俺にはこんなことしかできない』

思えば眼鏡を外した素顔を比村に見せるのは、初めてのことだった。

「この前は夜目でよくわからなかったが、こうして見ると色気が出たか？　それとも天宮の調教の賜物か？」

比村は楚々《そそ》とした木暮の素顔に満足そうだ。舐《な》めるような視線を向けられ怖気《おぞけ》立つ。

「それとも、猥褻《わいせつ》な自社製品で可愛がられた成果は、それなりにあったってことか？」

しかし、さすがにここまでは想像していなかった。木暮はベッドの上に置かれた何種類ものバイブや遊具を目の当たりにして、緊張も何も吹き飛んだ。これから起こるであろうことに対して感じていた天宮への罪悪感が、比村への不気味さや恐怖に変わった。

「今日は逃げるなよ。逆らうことも許さないぞ。お前はこれから俺の奴隷だ。あのとき素直にこうしていれば愛人として、一生可愛がってやったものを」

茫然としている間にも、比村は木暮のバスローブの紐《ひも》を解いてきた。それで両手首を後ろで縛り上げられ、前が開かれた状態のままベッドへ突き飛ばされる。

「俺が言うことを聞けば、会社は巻き込まないんですよね？　買収の話も、なかったことにしてくれるんですよね？」

木暮は馬乗りになってきた比村に対し、身体を捩って確認を取った。

「最善の努力はする。別に俺はあんな会社は欲しくない。欲しいのはお前であり、見たいのは天宮の屈辱にまみれた顔だけだからな」

「努力じゃ困ります！　確約でないなら、こんな話はお断り――――うっ！」

木暮が呼び出されたときの話とは内容が違い、声を荒らげた。

だが、反抗的な態度を見せたと同時に、陰部をきつく摑まれ、うめき声が上がる。

「うぬぼれるな。お前は何様だ。お前の身柄一つのために、こんな大事が簡単に始まったり終わったりするはずがないだろう。よく考えろ」

「俺を騙したんですか？」

手荒く陰部を扱かれるも、木暮は鳥肌しか立たなかった。天宮に施された愛撫はいったいなんだったのだろうかと思うぐらい、比村からのそれには痛みや嫌悪しか感じない。

「お前と同じことをしただけだ」

「俺は部長を騙したりしてません！　天宮社長と会ったのは、ここで助けられた夜が初めてだし、俺が彼を好きになったのは転職してからです。天宮社長だって…痛っ！」

まるで反応を示さない肉体に憤りを覚えたのか、比村はいったん木暮の上から退くと、拘束した身体を裏返す。傍《そば》にあった極太のバイブを手に取り、スイッチを入れると、木暮のバスローブを捲り上げて、陰部へ押し当てた。そして無理やり犯そうとしてくる。

「そんな惚気《のろけ》を、誰が聞きたいと言った」

「やめてください。話が違います。帰ります！」

グイグイと押し込まれるそれから逃れようと、木暮は全身を揺さぶった。

下肢にも力を入れて、全力で拒み続けた。

「今更、何を言う。お前は俺のものだ。まずはこいつで慣らしてやるから、力を抜け」

固く閉じた後孔の入り口に苛立《いらだ》ちながら、比村が臀部の片側を摑んで押し広げてくる。臀部の狭間から閉じた窄みが現れると、比村はバイブの先端を突き立て、力任せに押し込んできた。

『痛っ！』

まったく準備の整っていないところへ太いだけの異物をねじり込まれて、木暮の肉体は悲鳴を上げた。火を噴くかと思うような摩擦熱から内壁が破れ、出血したのが自分でもわかった。

「すっかりいやらしい身体になりやがって。こんな太いものが楽に行き来するなんて、淫乱もいいところだな」

比村は滑りのよくなったそれを、女性器のように濡れてきたとでも思ったのだろうか？

まるで気にも留めずに、力任せに抜き差しを繰り返す。

「俺が…馬鹿でした。確かに俺一人が犠牲になればなんて、ただのうぬぼれでした。いいえ、社長でもない営業部長に、こんな大事を起こしたり、終わらせたりすることができると思ったこと自体が大間違いでした。ただの買い被りでした」

痛みも強くなりすぎると、多少は麻痺してくるらしい。木暮は激痛だけが襲ってくる行為に慣れてくると、せめてもの抵抗に苦笑してみせる。

「なんだと」

「だって、そうでしょう。部長は確かに社長の息子さんかもしれないですけど、実際はただの部長です。部長の上には何人もの幹部や上司がいて、社長がいて、発言権を持った株主たちだっています。俺が交渉相手を間違えたってことです」

こんなことは今更の話だとわかっていても、言わずにはいられなかった。

思えば木暮が西井からのＳＯＳに対し、会社ぐるみで何かを考えるなら、比村より上の者に話を持っていくほうが賢明だと返したのは最近のことだ。それなのに、肝心なときに自分は選択を誤ったのだ。慌てていたとはいえ、木暮は自虐に走らざるを得なかった。

「お前、どこまで俺を馬鹿にすれば気がすむんだ」

「だったらあなたの力で買収なんてやめさせてください！　俺があなたをもう一度尊敬できるように、力を誇示してください！」

心のどこかで比村ならやめてくれる、こんな個人的なことで会社を巻き込むことはしない、自分が意のままにさえなれば気を治めてくれると考えた甘さが、驕りになっていたことが一番悔しくてならなかった。

「それができないなら大きな顔しないでください。今の俺がすべてを投げ出しても構わないと思えるのは、俺の大切なものを守ってくれる相手だけです。奴隷になっても構わないと思えるのは、それだけの力を持っている人間だけですから」

己の愚かさを棚に上げ、意のままにならない他人に八つ当たりをしているのは、比村も自分も変わらないと思った。

「この…、思い上がりも大概にしろ！」

それだけに、どんなに比村が逆上して責め苦を強めても、木暮はそれが自分への罰のように感じられた。

こんな、誰のためにもならないことをしてしまったために、自分は天宮を裏切った。

会社から、仲間から、そしてゼックンからも離れることになった。

「痛っ――――ぁっっ」

取り返しのつかない現実に、ひと際強くなった責め苦に、木暮は全身を痙攣させると血の気が引いていくような感覚に陥っていく。

『だめだ、せめて…部長を怒らせて、意地になって買収をやめてくれるならって思ったけど、本当に彼では努力するまでが限界なんだ。見栄《みえ》でもやってやるって言わないって…、絶望的だ』

意識が次第に薄らいでいく中で、最後に聞こえたのはインターホンが立て続けに何度も鳴らされた音だった。

『天宮…さ…』

「なんだ？　うるさいな」

木暮が意識を失い動かなくなると、比村はバイブを引き出してからベッドを下りた。

乱れたバスローブを着直し、髪を手ぐしで整えてから扉へ向かう。

「なんの用だ？」

用件を聞くも、扉は開かない。

「お客様、お寛《くつろ》ぎのところ申し訳ございません。ただいま、お隣の部屋に泥棒が入ったと通報がありまして、警察の方がお見えになりました。何かお気づきのことがあれば…、少しでもお話をお聞きしたいそうで」

「なんだと？　そんなものは何も…!!」

さすがに事情が事情だけに扉を開くが、比村は相手を見た瞬間、反射的に扉を閉めた。

「おっと！　本当に警察だったら現行犯逮捕か？　木暮がいるだろう。連れて帰らせてもらうぞ」

扉が開いたわずかな隙間に足を挟み、力ずくで部屋の中へ入ってきたのは天宮と水城だった。

「貴様、待て！　人の部屋に勝手に！」

比村は慌てて奥へ進む天宮を止めようとしたが、それは同行してきた水城に阻まれた。

天宮は迷うことなく寝室へ進み、後ろ手に縛られたまま倒れている木暮の姿を直視した。

双眸《そうぼう》を開くと、唇をギュッと噛み締める。

「これは――――、脅迫、強制わいせつ、暴行もつくか？」

捲り上げられた木暮のバスローブを元に戻し、天宮は血のついたバイブを手に取った。

「合意の上だ。奴が望んだことだ。俺はこいつに頼まれて、自社製品とやらのモニターを手伝ってやっただけだ」

「ほー。よく言った。だが、生憎だな。こいつはうちの商品じゃない。イコールお前のところの加工樹脂を使用したものでもない。そんなこともわからないなら会社なんか辞めちまえ！」

怒りのあまり、天宮はそれを比村に向けて投げつけた。

「うわっ！」

比村の胸元には大きめのバイブが力いっぱい叩きつけられる。

「まあ、辞める前に懲戒免職にしてやるけどな」

「なんだと…？」

しかし、こんなことでは収まりがつくはずがない。天宮はその場で携帯電話を取り出すと、比村に対しての報復に出た。

「もしもし、ＪＯＢＣファンドか。俺だ、天宮昊司だ。社長の鷹宮《たかみや》を出してくれ」

どこへ、誰にかけているのか、あえて比村にもわかるように話をしている天宮を見て、水城が思わず苦笑した。

「時間が惜しいから手っ取り早く言う。比村樹脂から受けた買収話だが、もしＪＯＢＣファンドにホワイトナイトの相談がいっていたら、取り消してくれ。代わりに俺が自腹で逆買収（パックマン・ディフェンス）をする。今から正式にその協力要請をする」

天宮は、これまでになく強い口調で指示を出すと、この場で比村樹脂そのものにも報復に出ることを比村に伝えた。

「比村の株集めに関しては、ＪＯＢＣファンドに一任する。数日のうちに確実に五十一パーセントを押さえてくれ。金なら俺の持ち株から好きなだけ動かしていい。とにかく比村の件は、一日でも早く片づけたいんだ」

比村は電話の内容に、首を傾げるばかりだった。

「――――は？　買収したところで、あんな会社は荷物になるだけだ？　そんなのわかってる。けど、仕方ないだろう。どうしても俺の手で懲戒免職にしてやりたい親子がいるんだ。一度で懲りない馬鹿親父と、その血を間違いなく継いでるだろう馬鹿息子をな」

こんなものは、はったりだ。現実のこととして起こせるはずがない。そう思っているのか、比村は天宮の話を聞きながら、失笑さえしている。

「とにかく、一時間でも早く終わらせてくれ。頼んだぞ。じゃあ、吉報を待ってる」

「お前、何馬鹿なことを。ラブラブトーイを買収しようとしているのは比村樹脂のほうだぞ！すでに比村はラブラブトーイの株を三十パーセントまで保有してるんだ。経営に口を出せる状態にある。それを、何が逆買収だ！」

電話が終わると同時に、あからさまに天宮を嘲《あざけ》った。

「ああ。こっちが三十パーセント取られてるなら、そっちを五十一パーセント奪えばいい。簡単な計算だろう。なにせ株式会社は株保有数による多数決会社だ。持ち株を半分以上保有すれば、すべての決定権が俺に来る。それに比村社長は過去と今回の買収のために、自社の持ち株を三十五パーセントまで減らしてるはずだ。残り六十五パーセントから五十一パーセントをかき集めれば即日比村樹脂は俺のものだ」

天宮は理路整然と返す。

「ふざけてる…。できるはずがない。そんな簡単に、できるはずがないだろう」

落ち着き払った天宮の態度に、比村の眉間に皺が寄り始めた。

「それはすぐにでも結果が出ることだ。ただし、俺が依頼をしたのは世界でも屈指のＪＯＢＣファンドだ。プロの投資家たちなら、まずこの儲け話に乗らない者はいない。そうでなくとも、このところ下がることはあっても、上がることがない比村の株だ。手放したくてうずうずしている投資家は、決して少なくないだろうからな」

淡々と、ただひたすらに淡々と説明をしながら、天宮は顔色一つ変えず冷笑を浮かべた。

「ちなみに、調べが甘いようだから教えといてやる。ラブラブトーイの株の四十パーセントは兄貴の所有だが、残りのうちの十パーセントは俺が鷹宮の名義を借りて保有。更に十パーセントは社員たちの持ち株で、ようはラブラブトーイの株の六十パーセントが俺たち兄弟と社員のものだ。比村が何をしたところで、最終決定権は俺たちから動かない。他人が経営に口を挟めたとしても決定はできない仕組みだ。ま、これは俺の愛愛玩具も同じだけどな」

「なんだと…？」

誰の目から見ても、勝算は天宮にあった。

それは、この場に居合わせた水城でもわかることだ。

「一度危ない目に遭えば、それぐらいの対策は取って当たり前だろう。こっちは先祖代々受け継いでる老舗の看板を背負ってるんだ。たかだか創立三十年の比村樹脂と一緒にするな」

「ふざけるな！　だからといって、そんな金…。うちの株を半分以上も買い集める金がどこにある⁉　何百、いや最低でも何千億は必要なはずだ！」

とうとう比村が声を荒らげた。はったりもほどほどにしろと言わんばかりだ。

「それがどうした。お前が馬鹿にしたうちの猥褻な商品が、特にコンドームが、いったい全世界でどれだけの販売数を誇ってるか、知らないのか？　少なくともお前のところのヒット商品よりは売れてるぞ。悪いが兄貴のところでメガヒットしたファミリーゲームでも比じゃないぐらいだ。なにせ、需要が広い上に使い捨てだ。リピーターも多い。一度信頼を得ればこっちのものだ。これほど薄利多売を地でいける商品はなかなかないからな」

どんなに比村が叫んだところで、天宮の態度は変わらない。

実際に動かせる私財を持っている強みは、どんなときでも天宮に余裕を与えているようだ。

「くっ…」

「人の仕事を舐めてかかってるから、現実を見落とすんだよ」

自分の親さえ抑えられない比村に、今の天宮をどうにかすることなどできやしなかった。

比村はその場に膝を折る。

「比村樹脂は親父の代からの取引先だ。少なくとも現場の人間たちは、何の問題もなくやりとりしてきた。だから、これでもかなり我慢はしてきたんだ。さすがに大金をかけてまで、お前ら親子の無礼に仕返ししても仕方がないだろうと、ずいぶん前から怒り心頭だった兄貴のことも宥めてきた」

天宮は、打ちひしがれた比村の姿を見下ろすと、その後は水城に〝木暮の服と荷物を頼む〟と目で合図した。

「だが、もう限界だ。俺たちや会社を馬鹿にするまでなら見逃してやる。お互い社員を抱える身だ。巻き込むわけにはいかない。けどな、お前が木暮にやったことは最低だ。これまでお前をちゃんと上司として見てきた、敬ってきただろうこいつの気持ちや身体を踏みにじったことだけは、絶対に許せない」

木暮の身体をベッドカバーで包むと、そのまま抱き上げ、抱きしめる。

「お前は自分で最後の砦《とりで》を壊したんだ。そのことを、これから数日のうちに思い知るんだな」

それだけを言い残すと、天宮は水城共々その場をあとにした。

＊＊＊

絶望と激痛の中で落ちた暗闇の世界に、木暮はしばらくさまよっていた。

一度は失くした意識が戻り、最初に聞こえたのは天宮の声だった。

「木暮…、気がついたか」

「…ここは？」

木暮は恐る恐る瞼を開いた。先ほどのスイートルームと見紛《みまご》うばかりの寝室に一瞬怯えたが、天宮の姿を見てホッとする。

悪夢から覚めたような感覚だったが、しかし木暮が安堵できたのはつかの間だ。

「俺の部屋だ。もう心配ない。それより大丈夫か？　診たところ、大怪我はなかったが」

「大丈夫です。お尻が痛いだけで…他は、特に」

真綿のように優しく自分を包むベッドの中で、木暮はすぐに罪悪感に苛まれた。

「なら、いい——いや、よくないが」

「すみません。俺が浅はかだったばっかりに…。けど、どうして？」

経緯を聞いたところで、どうしようもない。自分が犯した罪の深さは、自分が誰より知っている。本当なら、二度と彼の顔も見られないと思っていた。今だって、まともに目を合わせることもできない。

「お前が比村に電話で呼び出されたのを、水城が見てたんだよ。で、様子が変だったからあとをつけた。そしたらホテルの部屋に入っていったもんだから、慌てて俺に連絡を…」

「そうだったんですか。すみませんでした。俺…、俺…」

木暮はベッドに横たわっていた身体を起こすと、その場で両手をついて頭を下げた。

こんなことで許されるとは思っていないが、こうすることしかできなかった。

「まったく、誰が身体張って他社製品のモニターしろって言ったんだよ。だいたいお前が突っ込まれてたのは、うちのじゃないぞ。当然奴の粗末なものでもないけどな」

すると、天宮は呆れた口調でぼやきながら、木暮の頭を撫でてきた。

「気にするなと言っても無理だろうから、一日も早く忘れろ。いや、俺が忘れさせてやるから、そんな顔をするな」

「でも、俺は…」

彼の優しさに甘えてはいけない。これで赦《ゆる》されてはいけないとわかっていながら、木暮は天宮からの救いの手は振り払えない。

「何も言うな。お前がなんのために、誰のためにこんなことをしたのかは想像がつく。それに、朝から社内には買収の話で持ちきりだったんだから、俺がお前に電話やメールの一本入れておけばよかったんだ。何があっても心配ないから、比村が挑発してきても乗るな。すぐに決着がつくから待ってろってな」

静かに流れ落ちた後悔の涙を、そっと拭ってくれた彼自身を拒むことなどできやしない。

「それを怠《おこた》ったのは俺のミスだ。ごめんな」

「天宮さん」

木暮は、先ほど目覚めたときより怖々と顔を上げた。

「本当に、心配かけて悪かった」

「―――っ…っ。天宮さんっ」

笑顔で抱きしめてくれた天宮の背に、自然と両腕が回る。しがみつくように抱きしめ返す。

「でも、もう大丈夫だ。会社のことも比村のことも安心していいから、まずは俺を信じろ」

「はい」

木暮は、コクリコクリと頷《うなず》きながら、いったいこの短い期間に、自分は何度彼に「信じろ」と言わせただろうか？　と反省が増した。

決して彼を疑ったわけではないが、自分に生じた不安や懸念、そこから生じた勝手な判断や行動が招いた結果がこれなのだ。反省するしかない。

「そうだ。風呂でも入るか？　俺が入れて洗ってやるぞ」

木暮は、次に何かが起こったときには、迷うことなく天宮に聞こう。彼の判断や答えを最優先にし、自分の秤《はかり》だけで物事を見るのはやめようと思った。

「お任せします」

どんなに天宮が「恋愛に関しては対等だ」といったところで、それ以外に大差があるのは歴然だ。実際は何もかもに差があるのは否めない事実であり、木暮自身がそこに変な意地や見栄、プライドは感じていないのだから、自分が成長するまでは無理に対等でいようとする必要はない。

むしろ、何かにつけて甘えられるのは、今だけかもしれないと考えれば、木暮は初心者らしくふるまってもありなのかもしれないと思った。今より天宮という男を知るためにも、またも恋に目覚めた未知なる自分を知るためにも――。

「やけに素直だな。傷心につけ込むのも悪くない。癖になりそうだ」

「そんな…」

木暮は、唇を尖《とが》らせながらも天宮に抱かれて、バスルームへ運ばれた。

「気持ちいいか？」

「はい…っ」

寝室同様、ホテルのスイートルームさながらに豪華なバスルームは、木暮に恥ずかしさよりも不思議な贅沢感を与えてくれる総大理石造りだった。特に大人四人が楽に入れてしまう円型のジャグジーバスは、むしろ天宮に横抱きされて入らなければ、今の木暮では溺れてしまいそうだ。下肢に力が入らない分、両手を天宮の肩に回して、抱きついていく。

「ここは、痛むよな。やっぱり」

全身を細かなバブルが癒《いや》してくれる中、傷を負った秘所に指先が触れる。

「少し…。でも、忘れさせてくれるんですよね？　天宮さんが、天宮さん自身で…」

やはり比村から受けた暴力的なものとは違う。木暮は入り口に触れられただけで、快感を予感した。肉体だけではない、きっと心身から満たされるだろうという予感に欲望が膨らみ、理性がもたなくなったのだ。

「ああ。粗末な製品の記憶なんかあったって、うちの商品開発にはなんの役にも立たないからな」

キスを交わせば、なおのこと。木暮は無性に天宮自身が欲しくなり、自分からも激しく舌を絡ませた。

蠢く舌と舌が淫靡な音を立てて、彼と自分の唾液を混じらせる。

不思議な甘さだ。これは彼とのキスでなければ味わえない愛と官能のシロップだ。

「んんっ…っ。なら、このまま、してください」

木暮は、太腿の裏で感じ続ける彼自身が欲しくなり、衝動のまま強請《ねだ》った。

「さすがにここはまずいだろう。傷口に黴菌でも入ったら大変だ」

「そんなのどうでもいいです。俺は、すぐにでも天宮さんが欲しいんです」

「木暮」

汚された身体を清めたいというよりは、純粋に天宮と一つになりたかった。

「痛くても、なんでもいい。あなたが与えてくれるものなら、どんなものでも構わない。俺の愚かさを、浅はかさを赦してくれるなら、どうか――」

木暮は、セックスそのものから与えられる快感以上に、天宮自身と一つになれる喜びや安心感が欲しかったのだ。

「しょうがない奴だな。あとで治療っていう名の羞恥プレイをしても文句言うなよ」

それが伝わったのだろう。天宮は先に断りを入れると、膝の上に抱いていた木暮の身体を、いったんバスタブの縁に下ろした。火照った木暮の鼻先で、二、三度自身を扱いて準備を整えて、木暮の片足を抱え込む。

「はい…」

天宮の欲望に威嚇されつつ誘われる。

今になって恥じらいを見せる窄みに、先端が触れてきた。

焦らすように、慣らすように探ってから、一気に中まで入り込む。

「っ――っっ」

身体の奥で彼を受け止めた瞬間、欲望が更に膨らんだ。

木暮は天宮からも求められていたことを知ると無性に嬉しくなって、自分からも天宮の腰に足を絡めた。

彼を更なる深みへいざなっていく。

「無理して。きついんじゃないか？」

「平気です。だからもっと…、来てください」

傷つけられた陰部で受け入れているのだから、痛みがないと言えば嘘になった。

しかし、すぐにでも一つになりたいと願って叶《かな》えてもらった木暮には、この痛みさえ結ばれているる証のようで心地よい。

「きついぐらいのほうが、それだけ愛されてる気がするから」

「そんなこと言われたら、やめられないぞ」

何もかも忘れて、天宮から与えられる愛欲に酔っていく。

「木暮…っ。木暮っ」

「天宮さん…っ」

湧き起こる興奮ばかりが強くなり、木暮は天宮の動きに自分からも合わせていく。

妖しくくねる腰つきが、うねるバイブを思わせる。

いやらしい――――。なのに、気持ちいいなんて。

そう感じた瞬間、天宮も木暮と同じことを感じたのか口角をくいと上げた。

その顔が艶めかしくて、木暮は微笑しながら一気にイった。

「もう、一度達したぐらいじゃ、終われない…。俺を煽るだけ煽ったんだ。最後まで…、お前が

責任を取れよ」

ひと際深いところで天宮が放った欲望を感じて、木暮はいっそう締まった内壁から全身にかけ、震えるような愉悦を味わった。

何度達したところで、決して独りでは得られない。抱きしめ合う相手がいてこそ得られる至福を、木暮は天宮の腕の中で覚えていく。

「は……い。っ……んっ」

自分が感じている大きな愉悦を、天宮自身にも与えながら――――。

エピローグ

思えば天宮と出会ってから、木暮は何かにつけて驚かされることが多かった。

躊躇い戸惑い、ときには唖然とすることも多々あった。

しかし、これでもかという驚愕的なことはまだ起こり、その最たるものがこれだった。

〝続いてのニュースです。本日、株式会社ラブラブトーイ代表取締社長・天宮興輝氏により、株式会社比村樹脂の株の五十一パーセントの取得と共に前社長・比村両蔵《りょうぞう》氏の解任が発表されました〟

木暮が天宮の腕の中にいる間、わずか一日にも満たない時間の中で起こっていた人逆転劇だった。

『心配ないってこういうことだったんだ。比村樹脂を逆に買っちゃったんだ…』

話があまりにも唐突かつ大きすぎて、最初は何が何だかさっぱりわからなかった。

そんな木暮に水城が、「あれは木暮くんが虐《いじ》められた仕返しに、うちの社長がやったんだよ。ま、世間体があるから、表の会社を通して公表してるけどね」と、笑って教えてくれたが、そのおかげで余計にわけがわからなくなったことは言うまでもない。

これで買収された側の比村に勤める西井から、

〝朝から部内で大宴会！　無能な経営陣がすべて消え去った！　これからは優れた経営者のもと

で働ける。いつ会社が倒れるか、心配しないで働ける。ラブラブトーイ万歳！　今日からまた仲間だ、よろしくな！〟

　買収大歓迎のメールが届かなかったら、木暮は胃に穴が空くどころの心労ではすまされない。罪悪感から、ノイローゼになっているところだ。

『いつ倒れるかって…。比村樹脂って、社員にそんな心配をされるような会社だったのか。今の今まで知らなかった俺もどうかしてるけど。でも、まあ…、本社の営業部長が業績よりセクハラに気を取られてるようじゃ、それもそうだよな〜。むしろこんな会社を買っちゃって、天宮さんこれから大変なんじゃないかな…』

　もっとも、どんなに心配したところで、木暮には〝それがどの程度の大変さ〟なのかも、想像がつかない。だとしたら、天宮に言われたとおり、彼を信じて下手な心配はしないに限る。

「どうした？　ぼんやりして。誰かに何か言われたのか？　今朝の朝礼で恋人宣言をしたのがまずかったか？」

　突然の公表に心臓が止まるかと思うような衝撃は受けたものの、おかげで堂々とランチタイムを一緒に過ごせるようになったのだから、自分が不安そうな顔をして、天宮に心配をかけるのでは意味がない。

　むしろ、笑顔で彼を安心させるのが恋人の務めだろう。そうでなくては、せっかく二人で休憩室を占領しているのに、他の社員にも申し訳がない。

「いいえ、そんなことはないです。みんな〝よかったな。お幸せに〟って言ってくれました。ただ、そう言って俺の机の上を自社製品とアンケート用紙で埋め尽くしていきましたけど……」

木暮は、天宮と並んで腰をかけたソファで弁当を頬張りながら、苦しそうに笑ってみせた。

種類は違えど、これも笑顔だ。不安そうにしているよりはいいだろう。

「そうか。まあ、うちの連中らしい祝福の形だな。交際は仕事に生かせってことで」

「――――みたいです」

相変わらずの内容に、天宮も苦笑気味だったが、それでも二人揃って笑顔は笑顔だ。天宮は安心したのか、ふとテーブル上に弁当と箸を置いた。

「それより木暮。先日のハンドバイブの件だが、俺の大学時代の知り合いにハリウッド映画に出たことのある役者がいるんだ。だから、こういう小道具になりそうなものがあるんだが、誰か紹介してもらえないかって話を振ってみた。そしたら、まだまだ若手だけど将来有望だっていう監督に話を通してくれて。急な話だが、向こうから〝無駄足覚悟でいいなら、すぐにでも現物を持ってプレゼンに来てくれ〟って言ってきたぞ」

「本当に急ですね」

木暮は、そうとしか言いようがなかった。朝からたて続けの驚愕話だったが、〝さすがに、もうしばらくはないだろう〟と信じていたのに、それは半日と空かずに裏切られていく。

「それで、月岡は明日にでも、お前を行かせたいそうだ。自分じゃポルノ映画制作の斡旋になりかねないから、そのほうが適任だろうって」

「明日にでも、俺に？」

だが、これはこれでいい裏切りであり、驚きだ。木暮も思わず弁当と箸を置いた。

「英語はどうだ？　多少いけるか？　まったく駄目でも水城が引率するから、どうにかしてくれるだろうが」

「いえ！　どうにかします。堪能《たんのう》とは言い難いですが、熱意でカバーします。もちろん不足な場合は、水城さんにお願いしますけど。でも、俺の営業トークは俺にしかできないと思うので」

なんだか久しぶりに本来の営業職に戻った気がした。

思えばここのところデスクワークが続き、新規開拓の営業はメールや電話でのやりとりが大半だった。すべてが遠方にあるネットショップオーナーが相手だったので、それも当然なのかもしれないが、木暮としては何かもの足りないものを感じていたのは確かだ。

「なら、行ってこい。お前に任せる」

「はい！」

対面営業で、しかもこんな大役となれば、自然と覇気も湧き起こる。木暮は自分が言い出した話が企画として動いていることもあり、尚更熱いものが込み上げてきた。

「いい顔だな。惚《ほ》れ惚《ぼ》れする」

やる気に満ちた木暮の姿に挑発されたのか、天宮が木暮の頬に、そして眼鏡のフレームに触れてきた。

「っ、駄目です」

キスをしようと近づいてきた天宮に、木暮が全身全霊で待ったをかける。

「いいじゃないかキスぐらい。みんなにはもう公表したんだし」

「そういう問題じゃありません」

頑《かたく》なに拒んでみせたのは、キスだけで終われる気がしなかったから。昼休み内のイチャイチャだけで、終われる自信もなかったからだ。

「堅いな。社内恋愛の醍醐《だいご》味《み》がないじゃないか」

「今は醍醐味よりも売上重視です。ゼックンの開発費を稼ぐのが最優先じゃないですか」

木暮は、社内では絶対に眼鏡は外さない、エッチもしないぞと心に決めて、手持ち無沙汰になっている天宮には弁当を手渡した。

「とんでもない仕事の虫に惚れたもんだな」

「そこは諦めてください。それでスカウトしていただいたようなものですから」

天宮は、少しだけ不貞腐れた顔を見せたが、諦めて箸を持ち直す。

「なら、せめて今日の残業はなしにしておけよ。帰りに飯でも食っていこう。明日は俺が空港まで送ってやるから――あ、例の屋台にでも行くか？」

日中が駄目ならアフターにと誘い直すが、何か思い出したように噴き出した。

「大根大量で？」

「餅入り巾着じゃないのかよ」

木暮も同じことを思い出したのだろう、その後はしばらく二人で笑い合った。

おしまい♡

あとがき

こんにちは、日向《ひゅうが》です。この度は本書をお手に取っていただきまして誠にありがとうございました。本書は「職場そのものがセクハラ！」という一冊ですが、いかがなものでしたでしょうか？（汗）

熟練の読者様になると、「やっときたか愛愛玩具！　これまでは社名だけが出てきたのよね」なんて思うかもしれませんが、楽しんでいただけたら何よりです。

さて、プロフィールにも書きましたが愛愛玩具――設定だけはずいぶん前からありました。

なぜなら遠い昔に「ＢＬゲームの原作＆書籍化・ドラマＣＤ化企画」として依頼され、二年がかりで作ったお話だからです。

それこそ「初心者でも迷わず簡単にクリアできて、ゲーマーさんなら最後の最後までやり込める！」をコンセプトに、キャラ別難易度を設定。一人の元気青年がゼックン完成を目指して、あの手この手で自社製品を売りまくる。（稼いだ売上でゼックン完成を目指すゲームだから♡）と同時に、社内外恋愛の誘惑に翻弄されながらも、太陽系の惑星分だけ作ったキャラ八名（ゼックン含む）とハッピー＆バットエンドを堪能するという、私にとっては一大スペクタクルなお仕事でした。

なにせ主軸になるストーリーだけでも八本を作った上に、システム案の大半まで手がけていたわけですからね～。企画が途中で倒れていなければ、本当に一世一代のお仕事でした。結果的には一世一代のただ働きになりましたが…（号泣）。

言ったところで始まりませんが、中止のショックが大きすぎてお蔵入り。そこから十年近く放置してしまいました。

もとが主人公一人に対して八人の受けや攻めがいるお話だったので、改めて書籍化を目指すにも、いまいち諦めがつかず。かといって、切り売りする気にもなれず。どうにかゲームにできないものか？　自分でアドベンチャーゲームでも作ってみるか？　まで考えたのですが、実行力が伴いませんで…。

ただ、このまま一生お蔵入りもいやだな…と思い、今回クレスさんにプロットを出させていただきました。

気持ちを切り替え設定した主人公は、本当は営業部の先輩だった木暮《こぐれ》くん。メイン攻めだった天宮《あまみや》社長も双子の弟を増やしてのリニューアルとなりましたが、素敵な挿絵様にも恵まれて、今は「ああ、出てよかった(涙)」と感極まるばかりです。

影の主役・ゼックンの完成までは程遠い気がしますが、それは二冊目で書けたらいいな(切望)、話だけならあと七本分は残ってるしね(野望)という、存念の表れです(笑)。

もちろん、そううまくはいかないでしょうが、機会を得られたら——という希望だけは心に残して、あとがきとさせていただきたいと思います。あとはもう、読者様の後押しにおすがりするばかりなので!

そしてここからはお礼です。

高崎《たかさき》ぼすこ先生! このたびは素敵かつセクシーなキャラたちをありがとうございました!! そうでなくとも可笑《おか》しな話にお付き合いいただきまして、大変申し訳なく思っているのですが、その上こんな因縁深い話でごめんなさい(泣)。本当、同じ仕事も長くやっていると、いろいろなことが起こりますが、それでもこうして今回ぼすこ先生と本にできたことは、私の幸運です。またご一緒できる機会がありましたら、どうか懲りずによろしくお願いいたします。

　そして担当様！　これにまつわる因縁話の愚痴聞き、ありがとうございました。滅多なことでは泣かない私もこれだけは——でした。私が食らった仕打ちのほうがよっぽど話になりそうですよ（苦）。まぁ、笑えないので、これこそ一生お蔵入りですが。なんにしても、これからもどうぞよろしくお願いいたします♪

　最後にもう一度皆様へ。

　こんな私ですが、また次作で、そしてクロスノベルスでお会いできたら幸いです。最新情報や話の裏ネタ等々、書けるときにはupしておりますので、サイトにも遊びに来ていただけると嬉しいです。

　それでは、またお会いできることを祈りつつ——♡

日向唯稀《ゆき》♡

http://www.h2.dion.ne.jp/~yuki-h/

CROSS NOVELS既刊好評発売中

狂おしいほど、愛してる
初めてなのに、情熱的に求められ……。

晩餐会の夜に抱かれて

日向唯稀

Illust 明神 翼

「君を私だけのものにしてしまいたい」

学生ながらプロの配膳人である響也は、極上な男・アルフレッドからの求愛に戸惑っていた。彼は、米国のホテル王・圏崎の秘書。出会った頃から幾度となくされる告白に心惹かれながらも、年上で地位も名誉もあるアルフレッドを好きになってはいけないと本能で感じていた。仕事に自信はあるけれど、恋なんて初めての響也は弱気になり、押し倒してきたアルフレッドを拒絶してしまう。気持ちの整理がつかないまま連絡が途絶えたある日、アルフレッドに結婚話が出ていると聞き——!?

CROSSNOVELS好評配信中！

携帯電話でもクロスノベルスが読める。電子書籍好評配信中!!
いつでもどこでも、気軽にお楽しみください♪

QRコードで簡単アクセス！

とろける蜜月

illust 山田シロ

「狂恋」番外編

秀 香穂里

幼馴染みであり同僚の敬吾と恋人になった優一は、蜜月生活の真っ最中。だが、仕事でウェディングドレスを着ることになり、欲情した敬吾にオフィスで押し倒されてしまう!? 神聖なる職場で、イケナイことなのに、身体は淫らに反応してしまい――。
電子書籍限定の書き下ろし短編!!

秘蜜 －まどろみの冬－

illust 朝南かつみ

「秘蜜」番外編

いとう由貴

英一と季之の羞恥奴隷となった佳樹は、快感に流されやすい自分を恥じていた。だが、手練手管に長けた二人からの責め苦に翻弄されてしまう。そして今夜も、車内露出から非常階段での凌辱コース。いつ誰かに見られるかもしれないスリルに、身体は何故か昂ぶってしまい!? 大好評スタイリッシュ痴漢『秘蜜』の同人誌短編、ついに電子書籍に登場！

おしおきは甘い蜜

illust しおべり由生

「甘い蜜の褥」番外編

弓月あや

幼い頃から兄のように慕っていた秋良と結ばれ、花嫁になった瑞葉。自分のことを宝石のように大事にしてくれる秋良を愛おしいと思いながらも、ややエスカレートしがちな彼の愛情に、瑞葉は戸惑いを感じ始めて――!? 夫婦の営み、お仕置き、隠し撮り短編に、ちっちゃい「みじゅは」短編をプラス。『甘い蜜の褥』同人誌短編集第一弾、ついに電子書籍に登場！

空の涙、獣の蜜【特別版】

illust 稲荷家房之介

六青みつみ

山の主の人身御供にされたソラは、巨大な白虎と黒豹に組み伏せられ、凌辱されてしまう。白虎の珀焔、黒豹の黛嵐はソラの精を得て人型になるため、交替で彼らに抱かれることに。神獣達から求められ、次第に変化していくソラの身体。だが心は何故か、優しい黛嵐ではなく、自分に冷たい珀焔に傾いていた。ある日、敵対する胡狼と戦い傷ついた珀焔を治療するため、二人は宝剣に戻ってしまう。その留守を守っていたソラは胡狼達に捕らわれて──。

淫夢の御使い

illust 稲荷家房之介

「空の涙、獣の蜜」番外編

六青みつみ

神来山の神獣・珀焔の伴侶になったソラは、胡狼の襲撃事件によって身体と心に深い傷を負っていた。そんなソラを珀焔は優しく労り、大事にしてくれる。だが、以前のように乱暴に抱かれたい……淫らな欲望がソラを襲う。その欲望は、ある日現実となった。珀焔の姿をした別の輩に捕らわれ、触手のようなもので嬲られるうちに身体は快楽を得てしまい!?

大人気けもみみＢＬ『空の涙、獣の蜜』書き下ろし短編、ついに電子書籍に登場！

愛猫、家に帰る

illust 緒田涼歌

「愛咬の掟」番外編

高尾理一

【商業未発表短編】ついに電子書籍に登場！

五虎会若頭・永瀬に服従を誓わされた刑事の夕志。「放し飼いの猫」扱いに反発しながらも、永瀬との関係はうまく続いていた。だが、ある日。永瀬の機嫌を損ねた夕志は、仕置きと称して泣くまであらゆるところを舐められてしまう。身体に教え込まれていた性感帯を焦らされて、淫らな夜は長く続き……。

CROSS NOVELSをお買い上げいただき
ありがとうございます。
この本を読んだご意見・ご感想をお寄せください。
〒110-8625
東京都台東区東上野2-8-7　笠倉出版社
CROSS NOVELS 編集部
「日向唯稀先生」係／「高崎ぼすこ先生」係

CROSS NOVELS

快感シェアリング―㈱愛愛玩具営業部―

著者

日向唯稀

2013年4月23日　初版発行　検印廃止

発行者　笠倉伸夫
発行所　株式会社　笠倉出版社
〒110-8625　東京都台東区東上野2-8-7　笠倉ビル
[営業]TEL　03-4355-1110
FAX　03-4355-1109
[編集]TEL　03-4355-1103
FAX　03-5846-3493
http://www.kasakura.co.jp/
振替口座　00130-9-75686
印刷　株式会社　光邦
装丁　磯部亜希
ISBN　978-4-7730-8656-0
Printed in Japan